A Bela e a Fera

CLÁSSICOS ZAHAR
em EDIÇÃO BOLSO DE LUXO

Aladim*

Peter Pan
J.M. Barrie

O Mágico de Oz
L. Frank Baum

Jane Eyre
Charlotte Brontë

Alice
Lewis Carroll

As aventuras de Robin Hood
O conde de Monte Cristo
Os três mosqueteiros
Alexandre Dumas

O Quebra-Nozes*
Alexandre Dumas, E.T.A Hoffmann

Querida Kitty
Anne Frank

Mowgli: Os livros da Selva
Rudyard Kipling

Contos de fadas
Perrault, Grimm, Andersen & outros

O pequeno príncipe*
Antoine de Saint-Exupéry

Mary Poppins
A volta de Mary Poppins*
P. L. Travers

Títulos disponíveis também em edição comentada e ilustrada
(exceto os indicados por asterisco)
Veja a lista completa da coleção no site www.zahar.com.br/classicoszahar

A Bela e a Fera

MADAME DE BEAUMONT
MADAME DE VILLENEUVE

Ilustrações de Walter Crane e outros

Tradução:
André Telles

Apresentação:
Rodrigo Lacerda

7ª reimpressão

ZAHAR

Grafia atualizada segundo o Acordo Ortográfico da Língua Portuguesa de 1990, que entrou em vigor no Brasil em 2009.

Título original
La Belle et la Bête

Capa
Rafael Nobre/Babilonia Cultura Editorial

Projeto gráfico
Carolina Falcão

Ilustrações
Walter Crane, 1875 (p.49, 77, 87, 111, 145); Ilustrador anônimo, *La Belle et la Bête/ Magasin des Petits Enfants*, Paris, Hachette, 1870 (p.37, 45, 53, 69, 95, 105, 114, 231); Ilustrador anônimo, *La Belle et la Bête*, séc.XIX (p.33, 43, 55, 67, 71, 73, 78, 123, 147).

Revisão
Carolina Sampaio
Eduardo Monteiro

CIP-Brasil. Catalogação na fonte
Sindicato Nacional dos Editores de Livros, RJ

Beaumont, Madame de
B352b A bela e a fera/Madame de Beaumont, Madame de Villeneuve; tradução André Telles; apresentação Rodrigo Lacerda; [ilustração Walter Crane e outros]. – 1ª ed. – Rio de Janeiro: Zahar, 2016.

(Clássicos Zahar)

Tradução de: La Belle et la Bête.
ISBN 978-85-378-1604-2

1. Literatura infantojuvenil francesa. I. Villeneuve, Madame de. II. Telles, André. III. Lacerda, Rodrigo. IV. Crane, Walter. V. Título. VI. Série.

CDD: 028.5
16-36635 CDU: 087.5

EDITORA SCHWARCZ S.A.
Praça Floriano, 19, sala 3001 – Cinelândia
20031-050 – Rio de Janeiro – RJ
Telefone: (21) 3993-7510
www.companhiadasletras.com.br
www.blogdacompanhia.com.br
facebook.com/editorazahar
instagram.com/editorazahar
twitter.com/editorazahar

Sumário

APRESENTAÇÃO

Fontes e versões de uma história

Uma Fera de carne e osso

A história de *A Bela e a Fera*, por incrível que pareça, pode ter sido baseada num episódio verídico, pelo menos em parte. É o que acreditam muitos comentaristas. Essa fonte histórica seria o caso de Pedro González, um espanhol nascido no arquipélago das Canárias, em 1537, e que apresentava a chamada "síndrome do lobisomem". Cientificamente conhecida como hipertricose, a doença é caracterizada por um crescimento anormal de pelos no rosto e em todo o corpo, com exceção da palma das mãos e da sola dos pés. Provocada por mutação genética, na maioria das vezes de origem hereditária, a hipertricose é raríssima. Com certeza até o século passado – quem sabe se não até hoje –, as vítimas desse distúrbio tendiam a ser isoladas do convívio social e discriminadas, sofrendo até mesmo maus-tratos físicos, ou então eram exploradas como atrações em circos e shows de aberrações.

Pedro González nasceu com o corpo recoberto por pelos de tonalidade vermelho-escura, sobretudo o rosto – que, entretanto, dizem os registros existentes, manteve sempre traços harmoniosos. De início, seu destino social não foi exceção à regra. Mesmo descendendo de potentados de Tenerife, não recebeu qualquer educação e, aos dez anos de idade, viu-se presenteado pelo próprio pai a Carlos V, imperador do Sacro Império Romano-Germânico (também conhecido como Carlos I da Espanha, cujo território fazia parte de seus domínios). Nas cortes absolutistas da época, criaturas provenientes de terras remotas, ou por algum motivo especiais, eram admiradas a ponto de se tornar símbolos de status e fonte de prestígio para seus "proprietários".

A caminho da Holanda, onde Carlos V reunira sua corte, o navio no qual Pedro González viajava foi atacado e dominado por corsários franceses, que mandaram o menino como animal de estimação a outro monarca, agora o rei da França, Henrique II. No documento que retraça sua história desde a chegada a Paris, escrito em 1557, Pedro é chamado de Barbet, que vinha a ser uma raça de cães cujo pelo é enrolado e cobre inclusive o focinho.

Para surpresa geral, o rei decidiu submeter a "criatura" a uma experiência: conseguiria ela humanizar-se? Acreditava que não. Para ter certeza, rebatizou-o com o nome latino de Petrus Gonsalvus, mandou que o vestissem com roupas de nobre e providenciou-lhe esmerada educação. Seu destino mudaria radicalmente. Os cientistas e nobres franceses espantaram-se com os avanços da "besta humana". Pedro aprendeu a ler, escrever, falar outras línguas além do espanhol – latim, francês e italiano – e a observar as mais sofisticadas regras de etiqueta. Assim viveu por muitos anos, próximo aos dignitários franceses e encantando os embaixadores estrangeiros na corte de Henrique II, que passou a recompensá-lo por seus serviços diplomáticos.

Com a morte de Henrique II, em 1559, a rainha viúva Catarina de Médici tornou-se a proprietária de Petrus. Conhecida por suas excentricidades e seu entusiasmo por tudo o que era então considerado esotérico ou exótico – desde as profecias de Nostradamus, com quem se consultou, até anões e pessoas com alguma condição especial –, ela resolveu levar a experiência do marido ainda mais longe, casando o jovem "homem fera" com uma bela mulher. A principal curiosidade era saber como nasceriam seus filhos, ou mesmo se tal "cruzamento" conseguiria gerá-los.

A noiva escolhida, também chamada Catarina, era filha de um serviçal da corte e a mais bela dama do séquito real. A identidade do noivo lhe foi escondida até a última hora, e diz a crônica que, ao descobrir que Petrus seria seu marido, a jovem desmaiou diante dele. Contudo, Petrus agora possuía bons modos, rendimentos e um físico forte, esguio e bem desenvolvido. Com o tempo, o susto inicial da noiva parece ter dado lugar a uma relação amorosa e a um casamento bem-sucedido.

Acaba aqui a parte da história verídica que guarda algum paralelismo com o enredo de *A Bela e a Fera*. Petrus e Catarina não tiveram exatamente um final feliz, mas isso é outra história...

Antecedentes literários da história

Além dessa semelhança quase inacreditável entre um conto de fadas e a vida de Pedro González, é evidente que *A Bela e a Fera* possui também antecedentes literários. Na verdade, no âmbito dos contos de fadas e das histórias folclóricas, os dois eixos em torno do qual o enredo se articula – o tema do amante animalesco e a redenção de sua animalidade graças à pureza do amor – chegam a caracterizar um subgênero específico, a que os ingleses chamam de *animal bridegrooms*, ou "noivos animalescos".

Nesse tipo de narrativa, a trajetória do protagonista costuma envolver um encontro do humano com o poder ambíguo, assustador e fascinante do mundo fantástico, encontro do qual o homem ou a mulher sairá integralmente imbuído de generosidade, abertura de espírito e compreensão. Jovens protagonistas provam sua pureza e afirmam o amor sobre todas as outras forças da natureza, mostrando-se capazes de redesenhar as fronteiras entre o humano e a dimensão fantástica do mundo (animais prodigiosos, feitiços, fadas e bruxas, criaturas encantadas etc.). Por sua vez, o noivo ou a noiva animalesco de modo geral representa nosso lado selvagem, e o de nossos cônjuges – aquele lado que, mesmo quando conhecemos, não podemos controlar.

Um dos mais antigos registros dessa autêntica vertente literária é o conto "Cupido e Psiquê", incluído pelo escritor e filósofo romano Lúcio Apuleio em seu livro *O asno de ouro, ou Onze livros de metamorfose*, o único romance que sobreviveu intacto da Antiguidade até os nossos dias. Encontramos noivos e noivas animalescos no folclore de muitos povos (para não dizer de todos): das Filipinas chega-nos a história de "Chonguita, a esposa macaco"; da Índia, "A noiva cachorro"; da Alemanha, "O noivo da rã"; da Escandinávia, "A leste do Sol, a oeste da Lua", no qual uma jovem é vendida pelo pai a um urso-polar. Em sua coletânea de histórias *Os contos da Cantuária*, o importante autor medieval Geoffrey Chaucer incluiu "A mulher de Bath", que inverte o sexo dos protagonistas e conta a história de um Belo que se casa com uma Fera. Outra variante entre muitas, esta aqui do Brasil, é a lenda amazônica do boto-cor-de-rosa, que se transforma em homem e seduz as mulheres nas noites de festa junina. Nela, entretanto, a superação do fantástico pelo amor jamais ocorre, pois na manhã seguinte o amante se transforma em boto outra vez e desaparece. Uma inovação nacional.

Além desses mananciais folclóricos, autores ao longo dos séculos consagraram-se com histórias envolvendo noivos e noivas animalescos. Um deles foi o renascentista italiano Giovanni Straparola, que entre 1551 e 1553 publicou os dois volumes de suas *Noites agradáveis*. Delas consta "O rei porco", outro evidente antecessor de *A Bela e a Fera*. Nessa narrativa, o rei e a rainha, sem filhos, ganham de uma fada um herdeiro com o corpo de um suíno. Segundo a fada, apenas após três casamentos ele se tornaria humano. As duas primeiras esposas, irmãs entre si, enojadas do marido a quem foram obrigadas a se unir, tentam matá-lo na noite de núpcias, mas acabam morrendo sob seus cascos. A terceira irmã, ao casar com o príncipe porco, trata-o com carinho e assim liberta-o da maldição, permitindo que se revele um belo e jovem príncipe.

Entre a Renascença e o século XVIII, quando foram escritas as duas versões de *A Bela e a Fera* reunidas neste volume, a tradição dos noivos animalescos foi mantida por vários autores. Alguns menos conhecidos do público brasileiro, como Madame d'Aulnoy, autora do conto "O carneiro", no qual uma jovem donzela, renegada pelo rei seu pai em favor de suas duas irmãs interesseiras, conhece, se apaixona por e salva um príncipe transformado em carneiro por uma fada má. Ou Giambattista Basile, autor da coletânea de contos de fadas *Pentamerão*, que incluía uma variante de "Cupido e Psiquê" intitulada "A serpente", e de "A mulher-lobo", uma possível fonte direta de *A Bela e a Fera* (na qual, como em Chaucer, o personagem que se transforma em fera é uma jovem donzela desesperada, que se vê coagida a fazê-lo para escapar do pai incestuoso).

Um último nome nessa lista de continuadores da tradição, no entanto, é bastante familiar a todos nós: Charles Perrault. Famoso por criar e recriar histórias como "Chapeuzinho Vermelho", "O gato de botas" e "O Pequeno Polegar", Perrault, em seu conto "Riquet à la houppe", algo como "Riquet e seu topete", conta-nos de um príncipe muito feio, mas com grande inteligência, que se casa com uma jovem de imensa beleza, mas intelectualmente limitada. Ambos acabam recebendo das fadas o dom de combinar suas virtudes.

Madame de Beaumont e a versão clássica de *A Bela e a Fera*

Para além da eventual inspiração histórica de Pedro González, e embora faça parte dessa longa e prolífica tradição dos contos folclóricos sobre noivos animalescos, reutilizando a maioria de seus elementos característicos (as três irmãs, o sacrifício de uma delas pelo pai, o feitiço de uma fada, a aproximação do protagonista humano com o monstruoso/animalesco, a redenção final através do amor entre eles), o enredo de *A Bela e a Fera* é uma combinação nova do material e agrega a ele elementos originais.

Sua versão mais conhecida atualmente data de 1756, tendo sido registrada pela escritora francesa Jeanne-Marie Leprince de Beaumont no *Magasin des Enfants*, revista destinada a meninas e moças. Nascida em 1711, em Rouen, filha de um pintor e escultor, a autora cresceu numa família de classe média. Cidade próspera e polo regional desde a Idade Média, Rouen, embora não possuísse uma universidade, constituía um importante centro intelectual, famoso por suas escolas de ensino avançado. Já órfã de mãe, Jeanne-Marie começou a estudar aos quatorze anos, sendo preparada para ser freira e educando meninas ainda mais jovens. Dez anos depois, em 1735, desistiu da vida eclesiástica e foi residir com o pai na região nordeste da França. Quase imediatamente, viu-se contratada pela corte austro-francesa instalada na comuna de Lunéville, região da Lorena, onde por dois anos serviu como preceptora, dama de companhia e professora de música da primogênita do falecido Leopoldo de Lorena, Élisabeth-Thérèse. Durante esse breve período de vida cortesã, Jeanne-Marie conheceu grandes intelectuais da época, entre eles Voltaire, admirador do duque Leopoldo, e entrou em contato também com o trabalho de escritoras contemporâneas, como Émilie du Châtelet, Françoise de Graffigny, Madame de La Fayette e Madame de Tencin, e do expoente da literatura feminina medieval, Christine de Pizan, obras que certamente a estimularam a tentar a sorte nas letras. Contudo, a literatura era dominada pelos homens, e Jeanne-Marie deve ter tido plena consciência do quanto sua educação abrangente e requintada era incomum em relação à maioria das mulheres de então.

Após o casamento da "princesa" Élisabeth-Thérèse, contudo, a família de Leopoldo deixa a Lorena e Jeanne-Marie perde o emprego. Entre 1737 e 1743, há quem diga que ela ganhou a vida combinando serviços dentro e fora da corte. Outros biógrafos enfatizam suas inúmeras relações amorosas, o que denotaria uma juventude muito livre para a época. Talvez as duas hipóteses nem sejam excludentes, mas são poucas as certezas e muitas as polêmicas. É fato que Jeanne-Marie se casou, em 1743, com Antoine Grimard de Beaumont, cujo sobrenome adotou, e teve uma filha, Elisabeth. No entanto, alguns estudiosos afirmam que esse seria seu segundo matrimônio, após uma união com um bailarino da corte chamado Claude-Antoine Malter, que seria o verdadeiro pai de Elisabeth.

Por uma das cartas que Madame de Beaumont deixou, sabe-se da anulação de um casamento seu – mas a qual dos dois ela se referia ao escrever? Alguns dizem que o sr. De Beaumont era pândego e libertino, e que por isso desfez-se o casamento em 1745. Outros biógrafos acreditam que a união anulada foi a com o dançarino. Tantas dúvidas perdem um pouco de importância porque, tenha ou não anulado um casamento anterior, é certo que ela se separou também do sr. De Beaumont. Novamente, não há consenso sobre como tal separação se refletiu em sua vida: alguns biógrafos mostram-na perseguida pelo ex-marido, outros preferem realçar que, alguns anos depois, ainda vemos o ex-marido servindo-lhe de testemunha no contrato de publicação de um livro, forte indício de que continuariam em bons termos. Em 1748 ela publicou sua primeira obra, *Le Triomphe de la vérité, ou Mémoires de M. de La Villette*, e, no mesmo ano – por necessidades financeiras?, por sofrer discriminação devido à sua vida amorosa e conjugal?, perseguida pelo sr. De Beaumont? –, confiou sua filha a um internato e partiu para Londres.

Na Inglaterra, trabalhando como preceptora de crianças e jovens aristocratas, consta que Madame de Beaumont fica chocada com a péssima educação dada às novas gerações. A seu ver, a pedagogia inglesa baseava-se em prioridades equivocadas, tinha carência de professores bem-formados e métodos de ensino obsoletos. Sintonizada com o que havia de mais moderno na área, sua abordagem aproximava-se das ideias defendidas por Jean-Jacques Rousseau, que mais tarde as sistematizaria no livro *Emílio, ou Da educação*, de 1762.

Inspirando-se no modelo comercial das publicações periódicas inglesas, Madame de Beaumont fundou *Le Nouveau Magasin Français*, uma revista publicada em francês, que, além de sua língua materna, era o segundo idioma da elite em todo o mundo. Ao que parece, teve o apoio de Daniel Defoe, autor inglês do célebre romance *Robinson Crusoé*, com quem travara contato. A revista reunia tratados de boas maneiras e princípios morais elevados, além de textos literários e científicos com fins pedagógicos. O conjunto enfatizava a educação de meninas, jovens adolescentes e até mulheres adultas em busca de polimento social. Sua linha de trabalho, no entanto, combinava o iluminismo pedagógico com uma forte moral cristã, o que fomentou acalorados debates com o filósofo Voltaire, amigo com quem Madame de Beaumont se correspondia.

De todo modo, o sucesso foi impressionante. Edições em inglês surgiam logo após as francesas. As revistas foram continuamente publicadas de 1750 a 1780, somando ao todo quarenta volumes. A partir de um certo momento, durante o tempo de vida de Madame de Beaumont, todas as bibliotecas particulares dignas desse nome continham obras suas, lado a lado com autores como Voltaire e Rousseau. O próprio Voltaire publicaria na revista, entre ensaios, poemas, cartas e o conto "Babuc, ou O mundo como está", de 1775.

Como se vê, os escritos de Madame de Beaumont abarcavam um amplo espectro de temas sociopolíticos da época. Não obstante, se a crítica costuma destacá-la exclusivamente por seu lado pedagógico, é porque de fato foram a pedagogia pura e a ficção pedagógica que fizeram sua glória. Uma então respeitadíssima preceptora da família real inglesa, Lady Charlotte Finch, tratava-a de igual para igual. A influência que teve no pensamento e no comportamento dos europeus chegaria até meados do século XIX, sumindo de cena muito lentamente, como atestam as inúmeras reedições de seus livros. A principal biógrafa da escritora, Peggy Schaller, citando a crítica Joan Hinde Stewart, afirma que "sem dúvida, das publicações de ficção escritas por mulheres, as suas eram as mais famosas do século XVIII".

No bojo da coleção, surge em 1756 *Le Magasin des Enfants*, um manual pedagógico que, estruturado sob a forma de diálogos entremeados a episódios ficcionais, traz histórias contadas por uma governanta às crianças a quem educa – entre as quais *A Bela e a Fera*. Madame de Beaumont viria a publicar, nessa mesma linha, *Le Magasin des Adolescents*, de 1760, e *Le Magasin des Pauvres*, de 1768.

Ainda na Inglaterra, ela conheceu Thomas Pichon, um francês cujo trabalho de espionagem para a inteligência britânica, uma vez descoberto pela França, o obrigara ao exílio em Londres e à troca de sobrenome para Tyrell. Embora não se conheça nenhuma certidão de casamento dos dois, é certo que viveram como marido e mulher até que, em 1762, aos 51 anos, Madame de Beaumont retornou a Paris, acompanhada de sua filha (as fontes disponíveis não dizem quando a menina havia deixado o internato e juntado-se a ela na Inglaterra).

De volta à capital francesa, a já consagrada escritora-pedagoga abre seu próprio pensionato para meninas da elite. Desdenhando as propostas de inúmeros príncipes, desejosos de tê-la como preceptora de seus herdeiros, ela em 1763 comprou terras em Chavanot, no ducado da Savoia, então separado da França, e iniciou uma produção de romances epistolares, muito na moda, que lhe deu novo impulso na carreira.

Suas cartas mencionam inúmeros apoiadores, correspondentes e assinantes das publicações, que lhe ofereciam presentes caros e convidavam-na a ocupar lucrativos cargos na França e no exterior. Mencionam também, em contrapartida, seu interesse pela vida no campo. Nos derradeiros anos de vida, fez viagens a Paris, passou um ano na Espanha e escreveu novos tratados de moral, além de outros sobre história, gramática e teologia. Após uma última mudança, para Avallon, na Borgonha, em 1770, viveria com a filha, o genro Nicolas Moreau e seus seis netos, um dos quais viria a ser pai do célebre escritor Prosper Mérimée. Madame de Beaumont morreu em 1780, e está enterrada em Ubéxy, com a filha.

Madame de Villeneuve e a versão original

Em 1740, dezesseis anos antes que Madame de Beaumont popularizasse a história de *A Bela e a Fera*, sua primeira versão havia sido publicada no livro *La Jeune Américaine, ou Les Contes marins*, de outra escritora francesa, Gabrielle-Suzanne Barbot de Villeneuve. Se a biografia de Madame de Beaumont contém lacunas, a de Gabrielle de Villeneuve é formada por não mais que alguns apontamentos.

Nascida em Paris, em 1685, a verdadeira criadora de *A Bela e a Fera* descendia dos Barbot, uma família protestante da comuna de La Rochelle, com renome e tradição desde o século XVI. Assim como a de Madame de Beaumont, sua vida conjugal foi movimentada para a época. Em 1706, casou-se com o militar da infantaria Jean-Baptiste Gaalon de Villeneuve, membro de uma família aristocrática de Poitou. Seis meses depois, contudo, pediu a partilha dos bens, tornando os seus indisponíveis ao marido, que já dilapidara boa parte de ambos os dotes. Uma filha, Marie Louise Suzanne, nasceu dessa união, mas não há qualquer registro de que tenha chegado à vida adulta. Em 1711, quando tinha 26 anos, Gabrielle ficou viúva e, sem provedor ou trabalho remunerado, continuou consumindo seu patrimônio, até ser obrigada a procurar novos meios de subsistência.

Enquanto esteve casada, viveu na província. Após a morte do marido, estabeleceu-se em Paris. Lá, ao que parece no início da década de 1730, portanto com mais de quarenta anos, começou a escrever. Acredita-se que tenha tido seu primeiro livro examinado pelo censor literário do rei, ninguém menos que Crébillon, o mais famoso dramaturgo da época. O livro, uma novela intitulada *La Phoénix conjugal*, seria publicado em 1734, quando ela contava 49 anos. A relação entre Madame de Villeneuve e Crébillon evoluiria para a seara amorosa. É possível que tenham morado juntos desde o início da década de 1730, porém o documento mais antigo a atestar essa condição data de 1748.

De qualquer modo, foram para todos os efeitos marido e mulher até a morte dela, em 1755.

Conta-se que Gabrielle o ajudava na leitura das obras submetidas ao escrutínio da administração cultural francesa, daí seu profundo entendimento dos gostos e padrões de leitura em vigor no período. Após o romance de estreia, vieram *La Jeune Américaine* (1740) e outra coletânea de contos de fadas, *Les Belles solitaires* (1745), e por fim quatro romances, dos quais o mais famoso e bem-sucedido comercialmente foi *La Jardinière de Vincennes*, de 1753, que teve quinze reimpressões até 1800.

Villeneuve integrou a "segunda onda" de autores de contos de fadas franceses, que se seguiu a autores como Charles Perrault e Madame d'Aulnoy. Seu enredo para *A Bela e a Fera* criticava, de forma alegórica, o sistema matrimonial então vigente, no qual jovens donzelas de quatorze e quinze anos eram casadas contra sua vontade com homens às vezes décadas mais velhos, sem poder recusar-lhes seu corpo ou o controle sobre seus bens e sem o direito de se divorciar; ela própria, como se viu, havia tido um primeiro casamento problemático. Os contos de fadas escritos por mulheres muito frequentemente enalteciam os ideais do amor, da fidelidade e do tratamento justo entre os dois sexos, denunciando a realidade que viviam e refletindo sonhos de uma vida melhor.

Na avaliação crítica de sua obra, no entanto, algumas vozes parecem discordar. Há quem diga que suas posições são reacionárias: o marido "fera" que se redime no correr da vivência conjugal e a prevalência dos bons sentimentos sobre a atração física seriam, ao contrário, uma forma de desautorizar as angústias das jovens envolvidas nesse tipo de união forçada, corroborando as regras impostas pelo mercado de casamentos. As chaves interpretativas de *A Bela e a Fera*, e dos contos de fadas em geral, na verdade atuam no campo dos mitos, onde há margem para todo tipo de leitura.

Breve análise e comparação

Desde que se popularizou, na segunda metade do século XVIII, *A Bela e a Fera* nunca deixou o grupo das histórias mais queridas de todos os tempos. Adaptações se sucederam, em diferentes meios – filmes, discos, desenhos animados, histórias em quadrinhos etc. Dentre elas, quatro merecem destaque: a peça para piano a quatro mãos de Maurice Ravel, de 1908, chamada *Les Entretiens de la Belle et de la Bête*, orquestrada em 1912; o filme dirigido pelo artista de vanguarda francês Jean Cocteau, de 1946, no qual Bela, após transformar a Fera em príncipe, parece lamentar o resultado; o desenho animado cujo sucesso reergueu os estúdios Disney, em 1991; e a ópera do compositor minimalista americano Philip Glass, de 1994, pensada como uma espécie de trilha sonora para o filme de Cocteau.

Das duas versões de *A Bela e a Fera* aqui reunidas, a de Madame de Beaumont é curta, no formato mais usual dos contos de fadas que conhecemos, enquanto a de Madame de Villeneuve é bem mais longa, chegando ao tamanho de um romance. A de Beaumont é dirigida às crianças e suas professoras/preceptoras, a de Villeneuve é nitidamente voltada para o público adulto. Beaumont cortou muita coisa não essencial da versão que a precedeu, eliminando personagens e reduzindo a história a uma estrutura arquetípica. Eliminou várias subtramas criadas por Villeneuve, por exemplo os antecedentes da situação dramática principal, como as histórias pregressas da Fera e da Bela. Nas duas versões, porém, o cenário urbano na abertura da história chama atenção, pois é pouco usual em contos de fadas, bem como a condição social dos personagens, que não são nem reis nem camponeses.

Como já vimos no receituário geral dos contos envolvendo noivos animalescos, o papel da Fera é colocar Bela em contato com a dimensão fantástica/monstruosa da vida e do amor. Para enfrentá-la, a jovem precisa dominar o medo e usar seus próprios recursos para se guiar em território desconhecido. As angústias de degradação e morte que a assaltam diante da Fera são aspectos sombrios do encontro da jovem com o outro, e com o sexo masculino.

Uma maneira de entender seus dilemas é supor que Bela, atingindo a puberdade, mas ainda "protegida" pelo tabu do incesto, não se interessa por outros homens além de seu pai. Em decorrência desse horror a seus desejos recalcados, ela vê o desejo de outro homem por ela como algo monstruoso. Outra leitura é a de que a Fera seja, de início, efetivamente perigosa e feroz, e que é Bela quem a humaniza no final. Nesse caso, é celebrada como "a história exemplar do amor romântico", nas palavras da estudiosa Maria Tatar.

Em ambas as versões, são colocados em oposição personagens cuja aparência exterior contradiz seus sentimentos. As duas irmãs de Bela são bonitas por fora, mas egoístas e invejosas por dentro. A Fera, horrenda por fora, age de forma irascível e perigosa, mas o faz por autodefesa, pois acaba se revelando generosa e delicada por dentro. Apenas Bela possuirá virtudes morais em proporção igual à de seus atributos físicos.

Em Villeneuve, somos informados da horrível aparência da Fera por três fontes: o narrador, Bela e a própria Fera. Esta, embora tenha o domínio da linguagem, comunicando-se até mesmo com elegância, também se diz um monstro. Bela, de início, sente repugnância pela aparência da Fera e ainda não reconhece as compensações de seu caráter e intelecto. No entanto, vendo que sua rejeição levou o horrível pretendente à beira da morte, ela é tomada pelo impulso da compaixão, que a leva da amizade ao amor. Os cuidados e carinhos com que fora cercada pela Fera tornaram impossível à jovem não se apaixonar. E é seu novo olhar que humaniza definitivamente o "monstro". Chegam assim a um círculo virtuoso: a Fera, tocada pela compaixão de Bela, revela cada vez mais sua humanidade, seu amor e sua delicadeza de sentimentos; Bela, encantada com esses elementos humanizadores que enxerga na Fera, vence os medos e a repulsa, apaixonando-se afinal.

Alguns críticos veem uma mudança de ênfase de uma versão para a outra, pois, enquanto Villeneuve daria maior importância ao processo de humanização vivido pela Fera, Beaumont daria maior importância ao esforço de Bela para se abrir ao diferente em nome da virtude. Assim, o espírito feminista mais crítico e rebelde de Villeneuve parece dar lugar a uma atitude que visa à edificação moral e, de certa forma, ao conformismo.

Concorde-se ou não, a moral de sua versão da história procura ensinar as crianças a distinguir a feiura física da feiura moral, e também a valorizar mais o bom coração do que a aparência. A beleza não é a base do verdadeiro amor, e nem mesmo a inteligência. A base do verdadeiro amor é a bondade.

RODRIGO LACERDA

Rodrigo Lacerda é escritor e tradutor. Autor de *Hamlet ou Amleto: Shakespeare para jovens curiosos e adultos preguiçosos* e *A república das abelhas*, entre outros. Recebeu o Prêmio Jabuti de tradução por *O conde de Monte Cristo* e *Os três mosqueteiros* (publicados pela Zahar), sempre em parceria com André Telles. É diretor da coleção Clássicos Zahar.

A Bela e a Fera

Por Madame de Beaumont

1756

Era uma vez um comerciante muito rico, que tinha seis filhos: três meninos e três meninas. Como esse comerciante era um homem inteligente, não poupou recursos na educação de seus rebentos, dando-lhes todo tipo de professores. Embora todas as suas filhas fossem bonitas, a caçula era a mais admirada, sendo chamada por todos, desde bebê, de Bela. Esse nome foi adotado e despertou a inveja de suas irmãs.

Além de mais bela, a caçula era mais ajuizada do que elas. As duas mais velhas gostavam de ostentar sua riqueza, bancando as damas e se recusando a receber as filhas dos outros comerciantes. Iam todos os dias ao baile, ao teatro, ao passeio, e zombavam de Bela, que dedicava a maior parte de seu tempo livre à leitura de bons livros.

Como todos sabiam que as moças eram muito ricas, vários comerciantes poderosos pediram sua mão em casamento. As duas mais velhas responderam que jamais se casariam, a menos que encontrassem um duque ou, pelo menos, um conde. Quanto a Bela, agradeceu sinceramente aos que desejavam desposá-la, mas alegou ser muito jovem e querer fazer companhia ao pai por mais alguns anos.

De uma hora para outra, o comerciante perdeu todos os seus bens, só lhe restando uma pequena casa no campo, bem distante da cidade. Chorando, ele comunicou aos filhos a necessidade de se mudarem para lá e de viverem do trabalho agrícola. As duas primogênitas declararam que não cogitavam deixar a cidade e que conheciam rapazes que adorariam desposá-las, mesmo após a ruína da família. Coitadas, estavam enganadas: seus amigos não olharam mais para elas depois que elas ficaram pobres.

Como ninguém aturava mais sua empáfia, todos diziam:

– Tadinhas! Dá gosto vê-las no fundo do poço! Que banquem as damas guardando carneiros!

Ao mesmo tempo, diziam:

– Mas estamos muito tristes com a desventura de Bela: é uma menina tão boa! Era tão gentil com os pobres, tão meiga, tão honesta!

Diversos fidalgos, inclusive, pediram sua mão, mesmo cientes de sua pobreza, mas ela respondeu ser incapaz de abandonar o pobre pai no infortúnio e que iria para o campo com ele a fim de oferecer consolo e ajuda.

Instalados em seu novo lar, o comerciante e seus três filhos dedicavam-se à lavoura, enquanto Bela, de pé às qua-

Era uma vez um comerciante muito rico, que tinha seis filhos.
A caçula era a mais admirada, sendo chamada por todos de Bela.

tro da manhã, limpava a casa e preparava o almoço para a família. Desacostumada com as tarefas domésticas, no início foi difícil para ela, mas, ao fim de dois meses, estava mais forte e saudável. Terminadas as costuras, lia, tocava cravo ou cantava, maviosamente. Suas duas irmãs, ao contrário, entediavam-se mortalmente: levantavam às dez da manhã, passeavam o dia inteiro e seu único assunto era a saudade das roupas elegantes e dos amigos.

– Veja nossa irmã caçula – uma dizia à outra –, é tão estúpida que chega a se divertir na desgraça.

O bondoso comerciante não pensava igual às filhas. Sabia que Bela possuía mais dotes do que as irmãs para brilhar em sociedade. Admirava não só as virtudes da moça como principalmente sua paciência, pois as mais velhas, não satisfeitas em deixar todo o trabalho pesado para ela, viviam a insultá-la. Já fazia um ano que a família morava naquela solidão, quando o comerciante recebeu uma carta anunciando-lhe que um navio, com mercadorias de sua propriedade, acabava de atracar sem maiores contratempos.

Essa notícia deixou as duas primogênitas alvoroçadíssimas, ambas pensando que finalmente sairiam daquele ermo onde tanto se aborreciam. Ao verem o pai pronto para partir, pediram que ele lhes trouxesse vestidos, estolas de pele, chapéus e todo tipo de futilidades. Bela, por sua vez, não pediu nada, ruminando que nem mesmo o que ele lucrasse com a venda das mercadorias daria para comprar o que as irmãs desejavam.

– E você, não quer nada? – seu pai lhe perguntou.

– Já que teve a bondade de pensar em mim – ela respondeu –, peço simplesmente uma rosa, pois não há roseiras nesta região.

Não é que Bela fizesse muita questão de uma rosa, o que ela não queria era, com seu exemplo, censurar a conduta das irmãs. Estas, aliás, não se furtaram a comentar que era só para se mostrar que ela não pedia nada.

O velho partiu. Ao chegar ao porto, no entanto, teve a notícia de que sua carga havia sido apreendida, e, após uma série de aborrecimentos, decidiu voltar, tão pobre como antes.

No caminho de volta, a cinquenta quilômetros de casa, já se mostrava ansioso para rever os filhos. Antes de chegar, contudo, precisava atravessar uma vasta floresta, na qual se perdeu. Nevava terrivelmente e o vento soprava tão forte que o derrubou do cavalo duas vezes. Quando a noite caiu, pensou que morreria de fome, frio, ou então que seria comido pelos lobos que ouvia uivar nos arredores.

De repente, no final de um comprido corredor formado pelas árvores, ele avistou uma luz intensa, mas ainda bem distante. Caminhou naquela direção e percebeu que a luz vinha de um grande palácio, que parecia todo iluminado. O comerciante agradeceu a Deus o socorro que lhe enviava e se esfalfou para chegar logo ao castelo. Ficou admirado de não encontrar ninguém nos pátios. Seu cavalo, que o seguia, ao ver uma ampla estrebaria aberta, entrou; encontrando feno e aveia, o pobre animal esfaimado avançou avidamente. O comerciante amarrou-o dentro da estrebaria e caminhou em direção à casa, sem encontrar ninguém. Entrando, porém, num vasto salão, deparou com uma boa lareira e uma mesa servida com as mais variadas iguarias e talheres para uma pessoa. Encharcado pela chuva e pela neve, o homem se aproximou do fogo para se secar e murmurou consigo mesmo: "O dono da casa ou seus criados que me perdoem a falta de cerimônia. Mas, sem dúvida, chegarão daqui a pouco."

Esperou um tempo considerável, mas, como já eram onze horas e não aparecia ninguém, ele não conseguiu resistir à fome e, tremendo, pegou um frango e o devorou. Bebeu igualmente um pouco do vinho. Tomando coragem, deixou o salão e atravessou uma série de vastos aposentos esplendidamente mobiliados. No fim, encontrou um quarto com uma boa cama e, como passava da meia-noite e estava cansado, resolveu fechar a porta e dormir. Eram dez horas da manhã quando acordou no dia seguinte, admiradíssimo de encontrar roupas limpas no lugar das suas, que haviam se esfarrapado.

"Não resta dúvida", pensou, "este palácio pertence a alguma boa fada que teve pena da minha situação."

Olhou pela janela e, no lugar da neve, viu lindos canteiros de flores. Entrou no salão onde ceara na véspera e notou que havia uma xícara de chocolate quente na mesa.

– Obrigado, senhora fada – disse bem alto –, por ter tido a bondade de pensar no meu estômago.

Após tomar o chocolate, saiu para selar seu cavalo e, passando sob um caramanchão de rosas, lembrou-se do pedido de Bela e colheu um ramo.

Quase desmaiou ao deparar com uma Fera horrível avançando em sua direção.

Nesse instante, ouviu um estrondo e quase desmaiou ao deparar com uma Fera horrível avançando em sua direção.

– Está sendo muito ingrato – disse-lhe a Fera com uma voz tenebrosa. – Salvei-lhe a vida acolhendo-o em meu castelo e, para minha decepção, o senhor rouba minhas rosas, que amo mais que tudo no mundo. Terá que morrer para se redimir do seu erro. Dou-lhe quinze minutos para pedir perdão a Deus.

O comerciante atirou-se de joelhos, juntando as mãos:

– Monsenhor, perdoe-me, eu não pensava ofendê-lo colhendo uma rosa para atender ao pedido de uma de minhas filhas.

– Eu não me chamo Monsenhor – respondeu o monstro –, e sim Fera. Não gosto de adulação, gosto que as pessoas falem o que pensam, portanto não espere me comover com suas lisonjas. Mas o senhor omitiu que tivesse filhas. Aceito então perdoá-lo, com a condição de que uma de suas filhas apresente-se voluntariamente para morrer em seu lugar. Não discuta, vá! E se porventura suas filhas se recusarem a morrer pelo senhor, dê-me sua palavra de que estará de volta aqui dentro de três meses.

O velho não tinha a intenção de sacrificar qualquer filha sua ao horrível monstro, mas pensou: "Pelo menos terei a alegria de beijá-las mais uma vez."

Deu então sua palavra de que voltaria e a Fera o autorizou a partir quando lhe aprouvesse.

– Mas – acrescentou – não quero que vá de mãos vazias. Volte ao quarto onde passou a noite e nele encontrará um grande baú vazio. Coloque dentro tudo que lhe agradar, mandarei entregar em seu domicílio.

Em seguida, a Fera se retirou e o homem pensou: "Se eu tiver que morrer, pelo menos resta o consolo de deixar um pouco de pão para minhas pobres crianças."

Retornou ao quarto onde passara a noite e, lá encontrando uma batelada de moedas de ouro, encheu o baú que a Fera mencionara e aferrolhou-o. Em seguida, pegou seu cavalo na estrebaria e, com uma tristeza igual à alegria que sentira quando nele entrara, deixou o palácio. O cavalo adivinhou o caminho através da floresta e, em poucas horas, o homem chegava à sua morada. Seus filhos acorreram, mas em vez de se enternecer com seus carinhos, o comerciante pôs-se a chorar ao vê-los. Tinha na mão o ramo de rosas que trazia para Bela. Ao entregá-lo, advertiu-a:

– Bela, cuide muito bem dessas rosas, pois elas custarão muito caro ao seu desgraçado pai!

E contou à família a funesta aventura em que se vira envolvido. Após ouvirem sua história, as duas primogênitas puseram-se a gritar e xingar Bela, que por sua vez não chorava.

– Vejam aonde nos levou o orgulho dessa criaturinha – diziam. – Não pediu vestidos igual à gente, não, a madame queria ser diferente! Vai causar a morte de nosso pai e nem chorar ela chora.

– Isso seria completamente inútil – replicou Bela. – Por que eu choraria a morte do meu pai? Ele não vai morrer. Visto que o monstro aceita uma de nós, estou disposta a me entregar a sua fúria, o que farei muito feliz, pois morrendo terei a alegria de salvar meu pai e dar provas do meu amor.

– Não, irmã – disseram-lhe seus três irmãos –, você não morrerá: iremos atrás desse monstro e, se não o matarmos, morreremos em suas garras.

– Não se fiem nisso, meus filhos! – alertou-os o comerciante. – Não alimentem esperanças de exterminá-la, pois o poder da Fera é imenso. O desprendimento de Bela é comovente, mas não quero sacrificá-la. Estou velho, não me resta mais muito tempo pela frente; portanto, perderei apenas poucos anos de vida, o que só lamento por causa de vocês, queridos filhos.

– Repito, meu pai – insistiu Bela –, que não irá para esse palácio sem mim. Não pode me proibir de segui-lo. Apesar de jovem, não tenho muito apego à vida e prefiro ser devorada por essa Fera a morrer de consternação por perdê-lo.

Por mais que argumentassem, Bela não recuou em sua decisão de partir para o belo palácio, o que deixou suas irmãs contentíssimas, uma vez que as virtudes da caçula enchiam-nas de inveja.

O sofrimento do comerciante com a perda da filha era tão grande que o fizera se esquecer do baú abarrotado de ouro. Levou, portanto, um susto ao entrar em seu quarto para dormir e encontrá-lo ao pé da cama. Decidido a não deixar os filhos saberem que estava rico, pois suas filhas iriam querer voltar à cidade e ele estava determinado a morrer no campo, revelou o segredo a Bela, que por sua vez lhe contou que tinham recebido a visita de alguns fidalgos durante sua ausência e que dois cortejaram suas irmãs. Pediu ao pai que as casasse. Pois Bela era tão generosa que as amava e perdoava de todo o coração o mal que lhe haviam feito.

Enquanto aquelas jovens insensíveis esfregaram cebola nos olhos para chorar quando Bela partiu com o pai, seus irmãos, assim como o comerciante, choraram de verdade. Somente Bela, não querendo aumentar a dor da família, conteve as lágrimas. O cavalo tomou o caminho do palácio e, ao crepúsculo, eles o avistaram, iluminado como da primeira vez. O cavalo dirigiu-se sozinho à estrebaria e o velho entrou com a filha no vasto salão, onde encontraram uma mesa suntuosa com talheres para duas pessoas. O comerciante estava sem apetite, mas Bela, procurando parecer tranquila, sentou-se à mesa e o serviu. Então pensou: "A

Fera quer me engordar antes de me devorar, essa comida toda só pode ser para isso."

Após cearem, ouviram um grande rosnado. Certo de que era a Fera, o comerciante, chorando, despediu-se da filha. Bela sentiu um arrepio ao bater os olhos naquela horrível figura, mas conteve-se como pôde. O monstro então lhe perguntou se ela viera por livre e espontânea vontade, o que, tremendo, ela confirmou.

– A senhorita é muito boa – disse-lhe a Fera –, e sou-lhe muito grato. O senhor, velho, vá embora ao amanhecer e nunca mais ponha os pés aqui. Boa noite, Bela.

– Ai, minha filha! – disse o comerciante, beijando Bela. – Que suplício! Confie em mim, deixe-me ficar.

– Não, meu pai – reafirmou Bela. – Volte para casa e me deixe sob a guarda de Deus, talvez ele tenha piedade de mim.

Foram se deitar achando que não pregariam o olho, mas, assim que se recolheram, dormiram. Durante seu sono, Bela sonhou com uma dama lhe dizendo:

– Estou contente com seu bom coração, Bela. Sua boa ação, oferecendo a própria vida para salvar a de seu pai, não ficará sem recompensa.

Ao despertar, Bela contou ao pai o seu sonho e, embora este o consolasse um pouco, não calou sua dor quando

Bela sentiu um arrepio ao bater os olhos naquela horrível figura, mas conteve-se como pôde.

foi obrigado a se despedir da filha. Após sua partida, Bela sentou-se no salão e pôs-se a chorar também. Porém, como tinha muita coragem, entregou-se a Deus e decidiu não se atormentar no pouco tempo que lhe restava de vida, pois acreditava firmemente que a Fera a comeria aquela noite. Até lá, resolveu dar uma volta e visitar o belo castelo.

Não pôde deixar de admirar sua beleza. Ficou intrigada, contudo, ao encontrar uma porta na qual se lia: "Aposentos de Bela". Abriu aquela porta com ansiedade e deslumbrou-se com a magnificência do que viu. Mas o que mais a seduziu foi uma grande estante, um cravo e vários livros de música.

– Não querem que eu me entedie – ela disse baixinho.

Em seguida, pensou: "Se fosse para passar somente um dia aqui, não teriam me oferecido tanta coisa." Esse pensamento animou-a. Abriu a estante e viu um livro, no qual estava escrito em letras de ouro: "Peça o que deseja: aqui você é a rainha e a dona da casa."

"Ai de mim!" ela suspirou. "Tudo que desejo é ver meu pai e saber o que ele está fazendo agora." Tinha dito isso para si mesma. Pois qual não foi sua surpresa, voltando os olhos para um grande espelho, ao ver nele sua casa, aonde seu pai chegava com um semblante tristíssimo! Era recebido por suas irmãs e, apesar das caretas que elas faziam para parecer aflitas, a alegria que sentiam pela perda da

Voltando os olhos para um grande espelho, viu nele sua casa, aonde seu pai chegava com um semblante tristíssimo.

irmã estava estampada em seu rosto. De repente, tudo isso desapareceu e Bela foi obrigada a admitir que a Fera era bastante boazinha e que não precisava temê-la. Ao meio-dia, encontrou a mesa servida e, durante o almoço, ouviu um excelente concerto, embora não visse ninguém. À noite, quando ia sentar-se à mesa, notou o barulho da Fera chegando e um calafrio a percorreu.

Permite que eu a veja cear, srta. Bela? – indagou o monstro.

– O senhor é o dono da casa – respondeu Bela, tremendo.

– Não – replicou a Fera –, a única soberana aqui é a senhorita. Se eu estiver sendo maçante, avise-me que vou embora. Seja franca, não é verdade que me acha muito feio?

– Ah, isso eu não posso negar – respondeu Bela –, porque não sei mentir; mas acho o senhor muito bom.

– Tem razão – disse o monstro. – Mas além de ser feio, não tenho inteligência; bem sei que não passo de um animal.

– Ninguém é um animal quando julga não ter inteligência – replicou Bela. – Um tolo jamais diria isso.

– Coma então, srta. Bela – disse o monstro –, e procure não se aborrecer em sua casa, pois tudo aqui é seu e eu ficaria triste se não estivesse satisfeita.

– O senhor é mesmo muito bondoso – disse Bela. – Tanta generosidade me comove. Quando penso nisso, o senhor não me parece mais tão feio.

– Oh, senhorita, é verdade! – respondeu a Fera. – Tenho o coração bom, mas sou um monstro.

– Há muitos homens mais monstros que o senhor – disse Bela –, e prefiro o senhor com sua feiura àqueles que, sob a pele humana, escondem um coração falso, corrompido e ingrato.

– Se eu tivesse inteligência – replicou a Fera –, eu lhe faria um grande elogio de agradecimento, mas sou estúpido e tudo que posso dizer é que lhe sou muito grato.

Bela comeu com apetite. Já ia perdendo o medo do monstro, mas ficou aterrada quando ele lhe perguntou:

– Aceita ser minha mulher, Bela?

Ela permaneceu um tempo sem responder. Receava provocar a raiva do monstro se recusasse sua proposta. Disse-lhe finalmente, tremendo:

– Não, Fera.

Nesse instante, o desventurado monstro quis suspirar e emitiu um silvo tão terrível que reverberou em todo o palácio. Bela, contudo, não teve receio, porque a Fera, após dizer-lhe tristemente "Então boa noite, Bela", saiu de seu quarto, sem deixar de se voltar algumas vezes para admirá-la. Bela, vendo-se sozinha, sentiu uma grande compaixão pela coitada da Fera: "Ai de mim! É realmente uma pena que ela seja tão feia, é tão boa!"

Bela passou três meses naquele palácio razoavelmente tranquila. Todas as noites a Fera lhe fazia uma visita e, durante o jantar, conversava com bastante bom senso, mas nunca com o que chamamos de traquejo social. Todos os dias, Bela descobria novas bondades no monstro: o hábito de vê-lo acostumou-a à sua horripilância e, longe de recear o momento de sua visita, consultava o relógio a todo momento para saber se já eram nove horas, pois a Fera nunca deixava de aparecer nesse horário. Uma única coisa molestava Bela: antes de ir se deitar, o monstro sempre lhe perguntava se ela aceitava ser sua mulher, ficando magoadíssimo quando ela respondia que não. Um dia, ela lhe disse:

– Está me fazendo sofrer, senhor! Eu gostaria de poder desposá-lo, mas minha sinceridade me obriga a dizer que isso nunca acontecerá. Serei sempre sua amiga: procure contentar-se com isso.

– Só me resta aceitar – concordou a Fera. – Não sou cego! Sei que sou horrível, mas amo-a profundamente. De toda forma, é uma felicidade para mim a senhorita querer ficar aqui. Prometa que nunca vai me abandonar!

Ao ouvir tais palavras, Bela corou. Vira, no seu espelho, que o seu pai se martirizava por tê-la perdido e desejava revê-la.

– Posso até lhe prometer nunca abandoná-lo, mas estou com tanta saudade do meu pai que morrerei de dor se me recusar esse prazer.

– Prefiro eu mesmo morrer – disse o monstro – a fazê-la sofrer. Farei com que vá à casa de seu pai. Mas, se não voltar, sua pobre Fera morrerá de desgosto.

– Não – retrucou Bela, chorando –, isso não acontecerá, pois minha afeição é muito grande. Prometo voltar num prazo de oito dias. Vi no espelho que minhas irmãs estão casadas e que meus irmãos partiram para o exército. Meu pai está sozinho: autorize-me a passar uma semana com ele.

– Estará lá amanhã de manhã – disse a Fera. – Mas lembre-se de sua promessa. E quando quiser voltar, basta colocar seu anel sobre uma mesa ao se deitar. Adeus, Bela.

Longe de recear o momento da visita, Bela consultava o relógio a todo momento para saber se já eram nove horas.

Dizendo essas palavras, a Fera suspirou, segundo seu costume, e Bela foi dormir tristíssima por tê-la inquietado.

Quando acordou, de manhã, estava na casa de seu pai e, após tocar uma sineta ao lado da cama, viu chegar a criada, que não reprimiu um grito ao dar com ela. Ao ouvir aquele grito, o velho acorreu e quase morreu de alegria ao rever sua filha querida. Ficaram abraçados mais de quinze minutos. Bela, após essas primeiras efusões, julgou não estar em trajes apropriados para se levantar, mas a criada lhe disse que acabava de encontrar no quarto ao lado um grande baú lotado de vestidos de ouro enfeitados com diamantes. Em pensamento, Bela agradeceu à bondosa Fera aquela gentileza. Escolheu o vestido menos suntuoso e disse à criada para guardar os outros, com os quais queria presentear as irmãs. Porém, assim que pronunciou essas palavras, o baú desapareceu. Seu pai lhe comunicou então que a Fera não queria que ela dividisse aquilo com ninguém e imediatamente os vestidos e o baú reapareceram onde estavam.

Enquanto Bela se vestia, foram avisar às suas irmãs, que acorreram com os maridos. Nenhuma das duas encontrara a felicidade. A mais velha se casara com um jovem fidalgo, formoso como o deus do Amor, mas tão fascinado pela própria beleza que não pensava em outra coisa da manhã à noite. A segunda se casara com um homem de grande inteligência, mas que só a usava para azucrinar a todos, a começar pela mulher. As irmãs de Bela quase arrancaram os cabelos ao vê-la vestida como uma princesa mais linda que o dia.

Nada foi capaz de aplacar sua inveja, que só fez aumentar quando Bela contou como era feliz.

As duas invejosas, tendo descido ao jardim para lá chorarem à vontade, diziam uma à outra:

– Por que será que essa criaturinha é mais feliz do que nós duas? Afinal, não somos mais simpáticas do que ela?

– Querida irmã – disse a mais velha –, tive uma ideia! Vamos segurá-la aqui por mais de oito dias: a Fera, tola como é, ficará com raiva por ela ter faltado com a palavra e talvez a devore.

– Boa ideia, mana – respondeu a outra. – Vamos fazer de tudo para prendê-la aqui.

Tomada essa decisão, subiram e fizeram tantas juras de amizade para a irmã que Bela chorou de emoção. Transcorridos os oito dias, as duas irmãs se descabelaram e fingiram tamanha dor com sua partida que Bela prometeu ficar mais oito dias. Ao mesmo tempo, sentia-se culpada pelo sofrimento que causaria à sua querida Fera, por quem tinha profunda afeição. Além disso, sentia falta de sua companhia.

Na décima noite que passou na casa do pai, sonhou que estava no jardim do palácio e viu a Fera deitada na relva, agonizante, censurando sua ingratidão. Acordou assustada e chorando.

"Que maldade a minha", disse consigo mesma, "fazer sofrer um animal tão generoso para mim! É culpa sua se é tão feio? E o que importa se carece de inteligência? Ele é bom, isso vale mais que todo o resto. Por que me recusei a me casar com ele? Eu seria muito mais feliz com ele do que minhas irmãs com seus maridos. Não é nem a beleza nem a inteligência do marido que faz a mulher feliz, são a bondade do caráter e a virtude, e a Fera possui todas essas boas qualidades. Não sinto amor por ela, mas estima, amizade e reconhecimento. Vamos, não posso fazê-la infeliz! Eu me culparia a vida inteira pela minha ingratidão."

Dizendo essas palavras, Bela se levantou, colocou seu anel sobre a mesa e voltou para a cama. Tão logo se deitou, adormeceu. Quando acordou de manhã, viu com alegria que estava no palácio da Fera. Vestiu-se magnificamente para agradá-la e se entediou mortalmente o dia inteiro, esperando dar nove horas da noite; mas o relógio badalou em vão, a Fera não apareceu. Bela então receou ter causado sua morte. Atravessou o palácio inteiro, gritando e chamando; estava desesperada. Depois de muito procurar, lembrou-se do sonho e correu até o jardim, na direção do canal, onde a vira dormindo.

Encontrando a pobre Fera estendida, desacordada, achou que estava morta. Atirou-se sobre ela, sem sentir qualquer repulsa e, ao ver que seu coração ainda batia, foi buscar água para jogar em sua cabeça. A Fera abriu os olhos e disse a Bela:

– Você não cumpriu sua promessa e a saudade que senti foi tão dolorosa que resolvi morrer de inanição; mas morro contente, pois tive o prazer de vê-la mais uma vez.

– Não, querida Fera, você não morrerá! – disse-lhe Bela. – Viverá e será meu esposo. Neste momento, dou-lhe mi-

Atirou-se sobre a Fera, sem sentir qualquer repulsa.

nha mão e juro ser apenas sua. Ai de mim! Eu julgava ser apenas amizade, mas a dor que sinto me revelou que não posso viver longe de você.

Assim que Bela pronunciou essas palavras, viu mil luzes se acenderem no castelo. Fogos de artifício, música, tudo anunciava uma festa. Mas nem mesmo todos aqueles prodígios conseguiram atrair seus olhos, que, preocupados, voltaram a se concentrar em sua querida Fera. E qual não foi sua surpresa? A Fera desaparecera e à sua frente ela não via senão um príncipe, mais formoso que o deus do Amor, que lhe agradecia por ter desfeito o feitiço.

Embora aquele príncipe merecesse toda a sua atenção, ela não pôde deixar de lhe perguntar onde estava a Fera.

– Está aos seus pés – disse o príncipe. – Uma fada má me condenou a viver sob aquela forma até que uma bela moça aceitasse me desposar. Além disso, me proibiu de usar a inteligência. Você foi a única pessoa no mundo a perceber a bondade do meu caráter. Mesmo lhe oferecendo a coroa, continuarei seu devedor.

Bela, agradavelmente surpresa, deu a mão ao lindo príncipe para levantá-lo. Juntos foram até o castelo, onde Bela quase morreu de alegria ao encontrar, no salão, seu pai e toda a sua família, que a dama do sonho transportara para o castelo.

– Bela – disse-lhe a dama, que na verdade era uma grande fada –, venha receber o prêmio por ter escolhido o lado certo, preferindo a virtude à beleza e à inteligência. Você merece encontrar todas essas qualidades reunidas em uma só pessoa. Será uma grande rainha e espero que o trono não destrua suas virtudes. Quanto a essas senhoritas – disse a fada, voltando-se para as duas irmãs de Bela –, conheço suas almas e toda a sua malícia. Quero que se transformem em estátuas, mas conservem a razão sob a pedra que as envolve. Elas permanecerão à porta do palácio de sua irmã e seu único castigo será testemunharem sua felicidade. Só poderão recuperar sua forma original

E qual não foi sua surpresa? A Fera desaparecera e à sua frente ela não via senão um príncipe.

depois que reconhecerem seus erros. Mas algo me diz que continuarão estátuas para sempre. Tudo pode ser corrigido – orgulho, raiva, gula e preguiça –, mas a conversão de um coração mau e invejoso é uma espécie de milagre.

No mesmo instante, a fada executou um passe de mágica com sua varinha e transportou todos os que estavam no salão para o reino do príncipe. Seus súditos o receberam com alegria e ele se casou com Bela, que viveu com ele muitos e muitos anos numa felicidade perfeita, porque baseada na virtude.

A Bela e a Fera

Por Madame de Villeneuve

1740

Primeira parte

Era uma vez, num país muito longe do nosso, uma grande metrópole, que tinha no comércio sua maior fonte de prosperidade. Entre seus cidadãos, destacava-se um bem-sucedido comerciante, a quem o destino, que parecia curvar-se à sua vontade, sempre prodigalizara as mais belas dádivas. Além de riquezas imensas, ele tinha muitos filhos, seis rapazes e seis moças, todos ainda solteiros. Os rapazes eram muito novos para ter pressa; as moças, orgulhosas de seu dote, com o qual contavam no futuro, hesitavam quanto à escolha que deveriam fazer. Sua vaidade era estimulada pelo assédio da mais distinta juventude.

Um golpe inesperado do destino, porém, veio perturbar aquela bonança. A casa pegou fogo. Os móveis magníficos que a decoravam, os livros de contas, os títulos bancários, o ouro, o dinheiro, bem como as mercadorias valiosas que constituíam todo o patrimônio do comerciante, foram consumidos no funesto incêndio, tão violento que nada poupou.

Esse primeiro infortúnio foi apenas o prenúncio de outros. O pai, para quem até ali tudo sorrira, perdeu para corsários ou em naufrágios todas as embarcações que tinha nos mares. Seus clientes abriram falência; seus representantes nos países estrangeiros o traíram; enfim, de repente, da opulência nababesca, ele mergulhou na pobreza atroz.

Restou-lhe apenas uma modesta casa no campo, situada num local ermo, a mais de cem léguas da cidade, aonde costumava ir para descansar. Obrigado a procurar um refúgio longe do tumulto e do escândalo, foi para lá que levou a família, desesperada face àquela reviravolta. As mais apreensivas com a vida que as esperava na triste solidão eram as filhas desse desafortunado homem. Durante certo tempo, haviam se gabado de que, quando os planos de seu pai fossem conhecidos, os pretendentes que as haviam cortejado se julgariam com sorte se elas aquiescessem em ouvi-los.

Imaginando que todos cobiçariam a honra de sua preferência, pensavam que bastava querer para arranjarem marido. Não permaneceram muito tempo nessa doce ilusão. Afinal, haviam perdido seu mais belo atrativo junto com a súbita bancarrota do pai. A época em que podiam escolher ficara para trás. A fila de seus adoradores evaporou junto com sua fortuna. A força de seus encantos não foi capaz de enredar nenhum deles.

Os amigos não foram mais indulgentes do que os aspirantes à sua mão. Mal elas se viram na miséria, todos, sem exceção, pararam de cumprimentá-las, levando a crueldade a ponto de acusá-las pelo desastre que acabava de acontecer. Aqueles com quem o pai havia sido mais generoso foram os primeiros a caluniá-lo, espalhando que todos os infortúnios eram fruto de sua incompetência, de suas liberalidades e das despesas mirabolantes que fizera e autorizara os filhos a fazer.

A única alternativa que restava àquela família destroçada, portanto, era mudar-se da metrópole, onde todos se divertiam e zombavam de sua desgraça. Sem quaisquer recursos, confinaram-se naquela remota habitação situada no coração de uma floresta praticamente intransponível, que fazia jus ao título de a morada mais triste da terra. Quantas aflições não passaram naquela terrível solidão! Ninguém escapou do trabalho pesado. Os filhos do infeliz comerciante, não tendo como contratar um ajudante, dividiram entre si as funções e tarefas domésticas, bem como todas as atividades rotineiras de quem sobrevive do que a terra produz.

As filhas, por sua vez, não permaneceram ociosas e, assim como humildes camponesas, tiveram de empregar suas mãos delicadas em todos os labores da vida rural. Vestindo simples roupas de lã, obrigadas a abandonar a vaidade, forçadas a tirar o sustento da terra, reduzidas ao estritamente necessário, sem, não obstante, perderem sua obsessão pelo luxo e a opulência, morriam de saudades da cidade e seus atrativos. Seu maior tormento era a recordação de sua infância, transcorrida despreocupadamente entre risadas e brincadeiras.

Em meio a essa desolação generalizada, foi a caçula quem demonstrou maior perseverança e determinação. Com uma firmeza inusitada para sua idade, chamou a responsabilidade para si. Não que no começo não houvesse manifestado seu pesar. Ai! Quem seria insensível a tamanha desgraça! No entanto, após chorar os infortúnios do pai, havia algo melhor a fazer do que recuperar sua alegria natural, encarar a situação e esquecer aquela gente, que fora tão ingrata consigo e sua família e em cuja amizade confiava tão pouco que não podia contar com ela na adversidade?

Sempre disposta a consolar o pai e os irmãos com sua graça e bom humor, concebia mil coisas para entretê-los e diverti-los. O comerciante não poupara recursos para dar uma educação esmerada a ela e às irmãs, o que lhe foi muito útil naqueles tempos difíceis. Tocando virtuosamente diversos instrumentos, que acompanhava com a voz, incentivou as irmãs a seguirem esse exemplo, mas seu entusiasmo e paciência não tiveram outro resultado senão torná-las ainda mais ranzinzas.

Inconsoláveis em seu infortúnio, elas julgavam humilhante, vil e até mesmo ridícula a decisão da irmã caçula de viver alegremente naquela triste condição em que a Providência as lançara.

– Como ela é feliz! – dizia a mais velha. – Foi feita para as ocupações grosseiras. Com pendores tão medíocres, como poderia esperar ser alguém na vida?

Tais observações eram injustas. A jovem tinha muito mais encantos para brilhar em sociedade do que qualquer uma delas. Uma beleza perfeita adornava sua juventude, seu humor inalterável cativava a todos. Seu coração, generoso e misericordioso, guiava todos os seus atos e palavras. Tão sensível como as irmãs às atribulações vividas por sua família, porém com uma força de vontade incomum numa adolescente, soube esconder a dor e colocar-se acima da adversidade. Tamanha determinação foi tachada de insensibilidade. Estava claro para todos, entretanto, que essa opinião era ditada pela inveja.

Conquistando a admiração das pessoas sensíveis pelo que realmente era, a menina logo se tornou o centro das atenções. Cheia de encantos, mas distinguindo-se igualmente pelo mérito, era tão formosa que recebeu o apelido de Bela. Assim chamada por todo mundo, o que mais era preciso para aumentar a inveja e o ódio das irmãs?

Sua formosura, bem como a estima geral que lhe dedicavam, poderia tê-la feito pensar que um futuro melhor que o de suas irmãs a esperava, porém, preocupada exclusivamente com as desventuras do pai, em vez de fazer qualquer esforço para adiar sua partida de uma cidade onde vivera na abastança, fizera de tudo para apressá-la. Na solidão, demonstrou a mesma tranquilidade de quando vivia no tumulto da cidade. A fim de espairecer, em suas horas de descanso enfeitava a cabeça com flores e, tal como uma pastora de outrora, esquecendo no campo tudo de que gozara em meio à opulência, cultivava os prazeres inocentes do dia a dia.

Dois anos haviam escoado, a família começava a se habituar à vida no campo, quando uma esperança de retorno veio perturbar aquele sossego. O pai foi avisado de que um de seus navios, que ele julgara ter ido a pique, acabava de atracar no porto com uma carga valiosa. O aviso também alertava que, aproveitando-se de sua ausência, intermediários poderiam vender a carga a um preço irrisório e, mediante essa fraude, impor-lhe um grande prejuízo. Ele comunicou essa notícia aos filhos, que não duvidaram um instante de que em breve sairiam daquele exílio. As moças, sobretudo, mais impacientes que os irmãos, julgando desnecessário esperar qualquer tipo de confirmação, queriam partir na mesma hora e deixar tudo para trás. Porém o pai, mais prudente, pediu que moderassem a efusividade. Apesar de sua importância para a família, ainda mais num período em que não era possível interromper os trabalhos agrícolas sem um grande prejuízo, ele delegou a tarefa da colheita aos filhos e resolveu empreender a longa viagem sozinho.

Todas as filhas, à exceção da caçula, deram por certo que logo estariam de volta ao luxo e à riqueza. Calculavam que, se os ganhos do pai não fossem o suficiente para bancar seu retorno à metrópole natal, decerto custeariam sua mudança para outra cidade, ainda que menos vibrante. Lá esperavam conhecer gente, namorar, agarrar o primeiro marido que aparecesse. Já praticamente esquecidas dos dois anos terríveis que acabavam de viver, vendo-se inclusive, milagrosamente, transportadas de uma situação medíocre para o seio de uma agradável abundância, ousaram (pois a solidão não as curara da propensão ao luxo e à vaidade) atormentar o pai com extravagantes encomendas. Pediram que lhes trouxesse joias, adereços e chapéus, chegando a rivalizar entre si para saber quem pediria mais, de modo que nem o montante da suposta fortuna do pai pagaria seus caprichos. Bela, a quem a ambição não tiranizava e que só agia com prudência, logo percebeu que, se trouxesse o que elas pediam, ele não ficaria com nada. O pai, contudo, estranhando o seu silêncio, perguntou-lhe, após interromper suas gananciosas filhas:

– E você, Bela, não quer nada? O que posso lhe trazer de presente? O que deseja? Fale, não tenha medo.

– Querido pai – respondeu-lhe a adorável menina, abraçando-o com ternura –, desejo uma coisa mais valiosa do que todos os atavios que minhas irmãs lhe pedem. Limito meus desejos a uma coisa. Se ela se realizar, nada me deixará mais feliz: a felicidade de vê-lo de volta em perfeita saúde.

Essa resposta, ao revelar o mais completo desprendimento, cobriu as outras de vergonha e embaraço. Ficaram tão irritadas que uma delas, respondendo por todas, disse com azedume:

– Essa garota aí dá-se ares de boa moça e só pensa em chamar a atenção com essas afetações. Que coisa mais ridícula.

O pai, contudo, tocado por aqueles sentimentos e impressionado com seu desapego, insistiu para que ela lhe pedisse alguma coisa. A fim de atenuar a aversão que as outras filhas sentiam por ela, repreendeu-a, afirmando que aquele desinteresse pela aparência não condizia com sua idade, e que para tudo havia uma época.

– Está bem, querido pai! – ela assentiu. – Uma vez que ordena, gostaria que me trouxesse uma rosa. Adoro essa flor: depois que viemos para este desterro, nunca mais vi uma que fosse.

O que significava ao mesmo tempo obedecer e evitar que ele tivesse qualquer despesa com ela.

Chegou então o dia em que o bom velho foi obrigado a se despedir de sua numerosa família.

Chegou então o dia em que o bom velho foi obrigado a se despedir de sua numerosa família. Viajando o mais rápido que pôde para a metrópole, lá não encontrou as vantagens que esperava. O navio de fato atracara, mas seus sócios, que o julgavam morto, haviam se apoderado dele e vendido toda a sua carga. Assim, em vez de entrar tranquilamente na posse plena do que lhe pertencia, o homem, quando foi defender seus direitos, viu-se alvo de todas as chicanas possíveis e imagináveis. Mesmo desbaratando-as, após seis meses de aborrecimentos e despesas, não ficou mais rico do que antes. Seus devedores estavam insolventes e ele mal foi reembolsado pelo que gastou. Foi este o fim de sua quimérica riqueza. E seus infortúnios não terminaram aí, pois, por motivos de economia, foi obrigado a partir na pior estação e sob um tempo terrível. Exposto a todo tipo de intempéries ao longo do caminho, julgou que ia morrer de cansaço. Porém, ao perceber que estava a poucas léguas de casa – que abandonara para correr atrás de uma miragem, a qual Bela tivera razão de ignorar –, as forças lhe voltaram.

A travessia da floresta podia ser feita em poucas horas, e, mesmo já tarde, ele resolveu seguir em frente. Contudo, surpreendido pela escuridão da noite, tremendo de frio e, por assim dizer, sepultado na neve com seu cavalo, sem saber enfim que direção tomar, julgou chegada sua última

Que direção tomar?

hora. Nenhuma choupana à vista, embora houvesse muitas na floresta. Uma árvore podre e oca foi o que ele encontrou de melhor e, ali se protegendo do frio, conseguiu sobreviver. O cavalo, sem se afastar do dono, descobriu outro refúgio e, impelido pelo instinto, nele se abrigou.

A noite, sob tais circunstâncias, parecia-lhe infindável. Pudera! Faminto e assustado com os uivos dos animais selvagens, que passavam constantemente quase roçando nele, podia ficar sossegado um instante que fosse? Seus tormentos e receios não terminaram junto com a noite. Quando o dia raiou, em vez de aliviado sentiu-se mais perdido ainda. Com o solo totalmente coberto pela neve, que direção tomar? Sem detectar nenhum rastro, foi somente após um intenso esforço e vários tombos que conseguiu encontrar uma espécie de trilha, e pôde caminhar normalmente.

Avançando às cegas, o acaso conduziu seus passos até a alameda de entrada de um castelo magnífico, cujos limites a neve parecia respeitar. Esse passeio alinhava quatro renques de laranjeiras altíssimas, carregadas de flores e frutas. Ao longo do caminho, espalhadas a esmo, viam-se diversas estátuas, todas esculpidas numa matéria desconhecida, com dimensões e cores humanas, em diferentes atitudes e indumentárias, a maior parte representando guerreiros. Ao chegar ao primeiro pátio, topou com mais uma

Ao chegar ao primeiro pátio, topou com mais uma série de estátuas.

série de estátuas. O frio que o fustigava o impediu de examiná-las.

Uma escada de ágata com o corrimão de ouro foi o que se ofereceu primeiro à sua vista. Atravessando diversos aposentos soberbamente mobiliados, sentiu-se envolvido por uma onda de calor, o que lhe deu novas forças. Era urgente comer alguma coisa, mas a quem se dirigir? Aquela construção vasta e magnífica parecia habitada exclusivamente por estátuas. Embora reinasse ali um profundo silêncio, nada indicava tratar-se de um simples e velho castelo abandonado. Salas, quartos, galerias, a tudo se tinha acesso, embora nenhum ser humano parecesse viver em lugar tão encantador.

Cansado de percorrer os aposentos daquela vasta morada, o homem resolveu deter-se num salão em cuja lareira ardia um fogo acolhedor. Presumindo que ele estivesse preparado para alguém que não demoraria a aparecer, aproximou-se para se aquecer. Mas não chegou ninguém. Esperando num sofá junto ao fogo, um leve torpor cerrou-lhe as pálpebras, impossibilitando-o de flagrar a aparição de alguém.

Se o cansaço o levara ao sono, a fome interrompeu este último, pois fazia mais de vinte e quatro horas que ele não punha nada na boca. Além disso, a energia que despendera desde que chegara àquele palácio só fizera aumentar seu apetite. Quando acordou e abriu os olhos, teve a agradá-

Teve a agradável surpresa de ver uma mesa servida com todo o requinte.

vel surpresa de ver uma mesa servida com todo o requinte. Um simples lanche não iria saciá-lo, e os pratos, apresentados com esmero, eram de dar água na boca.

Sua primeira atitude foi agradecer em voz alta àqueles de cuja bondade usufruía. Em seguida, resolveu esperar tranquilamente até que seus anfitriões se dignassem a aparecer. Porém, assim como o cansaço o levara ao sono antes da refeição, a comida produziu o mesmo efeito. Dessa vez, no entanto, o repouso foi mais longo e sereno, pois ele dormiu quatro horas seguidas. Ao despertar, no lugar da primeira mesa viu outra, de pórfiro, sobre a qual uma alma benfeitora dispusera um lanche composto de bolos, frutas secas e bebidas. Tudo igualmente para seu regalo. Assim, sem se fazer de rogado, comeu de tudo um pouco, conforme seu apetite, paladar e capricho.

Em seguida, esperou um pouco mais e, como não apareceu ninguém a quem pudesse perguntar se aquele palácio era morada de um homem ou de um deus, começou a sentir uma ponta de medo (pois era naturalmente medroso). Resolveu então percorrer novamente todos os aposentos, louvando em cada um deles o gênio a quem devia tantos mimos e, de forma educada, pedindo que ele se mostrasse. Tudo em vão. Não apareceu um criado, um cortesão indicando que o palácio era habitado. Após meditar profundamente no que fazer, pôs-se a devanear, imaginando que alguma Inteligência lhe presenteara com aquela propriedade, junto com todas as riquezas que continha.

Trocando a realidade pela fantasia, o velho resolveu fazer uma nova vistoria e tomar posse de todos aqueles tesouros. Calculou mentalmente a parte que daria a cada filho e escolheu os aposentos apropriados para cada um deles, regozijando-se antecipadamente com a alegria que aquela viagem lhes proporcionaria. Em seguida, desceu ao jardim, onde apesar dos rigores do inverno viu, como se em plena primavera, as flores mais raras exalando um perfume inebriante no ar doce e ameno. Passarinhos de todas as cores, misturando seu canto ao rumorejo confuso das águas, compunham uma adorável harmonia.

Extasiado diante daquelas maravilhas, o bom homem dizia consigo: "Acho que minhas filhas não terão qualquer dificuldade para se adaptarem a esta deliciosa vivenda. Não posso acreditar que sintam falta da metrópole, ou a prefiram a este palácio. Vamos", exclamou, numa efusão de alegria pouco comum, "pé na estrada! Já me sinto invadido pela felicidade que todos irão sentir: não adiemos o prazer."

Antes de entrar naquele castelo tão convidativo, e apesar do frio intenso que o enregelava, o homem tomara a precaução de desarrear seu cavalo e tocá-lo para uma cocheira que ele notara no primeiro pátio. Uma alameda margeada por sebes de roseiras em flor conduziu-o até lá.

Nunca vira rosas tão bonitas! Aquele perfume lembrou-o da promessa que fizera a Bela. Colheu uma flor, e ia continuar para compor seis buquês, quando um barulho terrível fez com que voltasse a cabeça. Ficou petrificado: a seu lado, bufando de raiva, uma Fera medonha enrolou em seu pescoço uma espécie de tromba como a de um elefante e, com uma voz assustadora, interpelou-o:

– Quem o autorizou a colher minhas rosas? Não se deu por satisfeito com os regalos que lhe ofereci em meu palácio? Em vez de se mostrar grato por isso, imprudente, pego-o roubando minhas flores! Seu atrevimento não ficará impune.

Ao ouvir tais palavras, já aterrado face à inesperada presença do monstro, o homem achou que ia morrer de pavor e, livrando-se imediatamente da rosa fatal, curvou-se até o chão e suplicou:

– Ah, grão-senhor! Tenha piedade de mim! Sou-lhe muito grato, acredite. Impregnado por tantas bondades de sua parte, não imaginei que essa ninharia pudesse ofendê-lo.

Irritadíssimo, o monstro respondeu:

– Cale-se, maldito falastrão, suas adulações e os títulos que me atribui não têm qualquer serventia para mim. Não sou grão-senhor, sou a Fera, e você não escapará à morte que merece.

Um barulho terrível fez com que voltasse a cabeça.
Ficou petrificado.

– Você não escapará à morte que merece.

O pobre homem, consternado frente a sentença tão cruel e julgando a submissão o único partido capaz de livrá-lo da morte, alegou, com ar digno de pena, que a rosa que ele se atrevera a colher destinava-se a uma de suas filhas, chamada Bela. Em seguida, talvez na esperança de adiar o seu fim ou inspirar compaixão a seu inimigo, fez o relato de seus infortúnios e explicou o objetivo daquela viagem, sem esquecer o pequeno presente que prometera levar para Bela. Acrescentou que este fora seu único pedido, ao passo que nem as riquezas de um rei seriam capazes de contentar suas outras filhas; que o acaso o levara a atendê-la; que julgara poder fazê-lo sem maiores consequências; e que, a propósito, pedia-lhe perdão por aquele erro involuntário.

Após hesitar um pouco, a Fera retomou a palavra e, num tom menos furioso, fez-lhe uma proposta:

– Disponho-me a perdoá-lo, mas com uma condição: que me entregue uma de suas filhas. Preciso de alguém para reparar esse erro.

– Misericórdia! O que me pede? – não acreditava o comerciante. – Como prometer uma coisa assim? Quem poderia ser tão desumano a ponto de sacrificar a própria filha para salvar a pele, que pretexto eu alegaria para trazê-la até aqui?

– Não deve haver pretexto – decretou a Fera. – A filha que porventura o acompanhe terá de vir espontaneamente, caso contrário não quero. Verifique se alguma delas é suficientemente corajosa, e o ama o bastante, para sacrificar a vida em troca da sua. Você parece um homem honesto: dê-me sua palavra de que voltará dentro de um mês. Se conseguir persuadir uma delas a acompanhá-lo, ela permanecerá em meus domínios e você retornará. Se não conseguir, prometa retornar sozinho e despedir-se delas para sempre, pois pertencerá a mim. Nem pense – prosseguiu o monstro, rangendo os dentes – em aceitar minha oferta e depois fugir. Advirto-o de que, se cogitasse tal manobra, eu sairia no seu encalço e, mesmo que cem mil homens se apresentassem para defendê-lo, eu o destruiria junto com sua família.

O homem, embora convencido de que não valia a pena pôr à prova o afeto das filhas, aceitou mesmo assim a proposta do monstro, comprometendo-se a voltar na data marcada e submeter-se ao seu triste destino sem que ele precisasse procurá-lo. Após dar sua palavra, julgou-se no direito de se despedir da Fera, cuja presença o afligia, e retirar-se. O indulto que obtivera era frágil, mas ele ainda temia que fosse revogado. Confessou sua disposição de partir: a Fera respondeu que ele só partiria no dia seguinte.

– Encontrará um cavalo selado ao raiar do dia – ela disse. – Montado nele, chegará a seu destino num piscar de olhos. Adeus, vá jantar e aguarde minhas ordens.

Mais morto do que vivo, o pobre homem voltou ao salão no qual comera tão bem. O jantar, servido em frente à grande lareira, chamava-o à mesa. Contudo a delicadeza e suntuosidade dos pratos não mais o seduziam. Destroçado pela dor, se não temesse que a Fera, escondida em algum lugar, o estivesse observando, se tivesse certeza de não provocar sua ira recusando suas prodigalidades, não teria sentado à mesa. Para evitar um novo desastre, assinou uma trégua com seu sofrimento, e, na medida em que seu coração transtornado permitiu, provou um pouco de cada prato.

Ao fim do jantar, ouvindo um barulho terrível no aposento ao lado, não duvidou um só instante de que fosse seu prodigioso anfitrião. Como não dependia de si evitar sua presença, tentou dissimular o pavor que aquele estrondo acabava de lhe incutir. No mesmo instante, a Fera apareceu e perguntou-lhe bruscamente se jantara bem. Acanhado e intimidado, o homem respondeu que, graças às suas atenções, se fartara.

– Prometa-me – replicou o monstro – lembrar-se do compromisso que acaba de assumir e, como um homem honrado, cumpri-lo, trazendo uma de suas filhas para mim.

O velho, querendo fugir daquela conversa, jurou executar o que prometera e estar de volta dentro de um mês, sozinho ou com uma das filhas – se encontrasse uma que o amasse o bastante para acompanhá-lo, com as condições que devia propor.

– Advirto-o mais uma vez – disse a Fera – para ter o cuidado de não iludi-la quanto ao sacrifício que a espera e aos perigos que correrá. Descreva-lhe minha aparência tal como é. Explique-lhe o que ela vai fazer. O principal é que esteja determinada. Não haverá mais tempo para reconsiderar depois que a houver trazido. Ela não poderá voltar atrás. Caso contrário, você também estará perdido e ela não terá liberdade para regressar.

O comerciante, paralisado diante daquelas palavras, reiterou a promessa de curvar-se a tudo que a Fera acabava de lhe ordenar. O monstro, satisfeito com sua resposta, ordenou que ele fosse dormir e só levantasse ao ver o sol e ouvir uma campainha de ouro.

– Você fará o desjejum antes de partir – acrescentou –, e pode levar uma rosa para Bela. O cavalo que o transportará estará pronto no pátio. Espero revê-lo daqui a um mês, por menos honesto que seja. Adeus: se faltar com o decoro, receberá minha visita.

O homem, receando estender uma entrevista já demasiado penosa, fez uma profunda reverência à Fera. Esta lhe avisou ainda que não se preocupasse com o caminho de volta; que, na data estipulada, o mesmo cavalo que ele montaria no dia seguinte estaria à sua porta e seria o suficiente para ele e a filha.

Embora sem a mínima vontade de dormir, o velho não ousou descumprir as ordens que recebera. Intimado a ir para a cama, só levantou quando o sol começou a clarear o quarto. Após fazer o desjejum, desceu ao jardim para colher a rosa que a Fera ordenara que ele levasse para Bela. Quantas lágrimas aquela flor o fez derramar! Porém, com medo de atrair novas desgraças, conteve-se e foi celeremente pegar o cavalo que lhe fora prometido. Sobre a sela, encontrou um casaco quente e leve. Sentiu-se mais confortável com ele do que com o seu. Assim que o cavalo o sentiu no lombo, partiu a uma velocidade inacreditável. O comerciante, que num átimo perdera de vista o fatídico palácio, sentiu uma alegria igual ao prazer que tivera ao avistá-lo na véspera, com a diferença de que o alívio por afastar-se dele estava envenenado pela cruel necessidade de retornar.

"O que fui prometer?" remoía (enquanto seu puro-sangue o transportava com uma prontidão e ligeireza só conhecidas no país dos contos de fadas). "Não era preferível eu ter me sacrificado de uma vez a esse monstro, sedento do sangue de minha família? Fiando-se na promessa que fiz, não só antinatural como despropositada, ele me prolongou a vida. Será mesmo possível que eu tenha cogitado salvar meus dias à custa de uma de minhas filhas? Cometerei a barbárie de entregá-la, para decerto vê-la ser devorada na minha presença...?" De repente, interrompendo-se, exclamou: "Oh, infeliz! O que tenho a temer? Se conseguisse calar a voz do sangue no meu coração, seria capaz de cometer tal covardia? Ora, como a jovem deve conhecer o seu destino e consentir nele, não vejo qualquer chance de que aceite sacrificar-se por um pai desumano. Além do mais, não posso fazer tal proposta, pois é injusta. E, ainda que a afeição que todas me dispensam induzisse uma delas a se sacrificar, a visão da Fera bastaria para dissuadi-la e eu não poderia me queixar. Ah, imperiosa Fera!" exclamou. "Você fez de propósito! Impor um gesto impossível como condição para evitar sua fúria, e obter perdão por um erro tão banal, é acrescentar ofensa ao sofrimento. Mas", continuou, "não suporto mais pensar nisso e estou decidido: prefiro me expor de peito aberto à sua fúria do que procurar um socorro inútil, que faz tremer meu amor de pai. Retornemos ao funesto palácio antes do mês que nos é concedido; desistindo de comprar tão caro o outono de uma vida, que não poderia ser senão miserável, voltemos para terminar hoje mesmo nossos desafortunados dias."

Assim pensando, quis fazer meia-volta, mas foi impossível virar a rédea do cavalo. Levado involuntariamente, pelo menos tomou a decisão de não propor nada às filhas. Ao avistar a casa ao longe, já consolidara tal decisão: "Não falarei nada sobre o perigo que me ameaça", pensava consigo, "terei o prazer de beijá-las mais uma vez. Darei meus últimos conselhos: pedirei que convivam em harmonia com seus irmãos, a quem recomendarei não abandoná-las."

Em meio a tais divagações, chegou em casa. Seu cavalo, que retornara sozinho na véspera, deixara a família preocupada. Seus filhos haviam se espalhado na floresta, esquadrinhando-a à sua procura, e suas filhas, impacientes por notícias do pai, tinham se instalado à porta para pedir informações ao primeiro que passasse. Porém, montado num magnífico cavalo e envolto num manto suntuoso, como podiam reconhecê-lo? Julgaram a princípio tratar-se de um emissário, mas a rosa que avistaram presa no cabresto da sela terminou de tranquilizá-las.

Quando esse pai aflito chegou mais perto, só pensaram então em expressar a satisfação que sentiam de vê-lo de volta e com saúde. Mas a tristeza estampada em seu rosto e seus olhos cheios de lágrimas, que em vão ele tentava represar, transformaram a alegria em apreensão. Todos acorreram para lhe perguntar o motivo de sua dor. Ele não respondeu nada, apenas disse a Bela, mostrando-lhe a rosa fatal:

– Aqui está o que você me pediu; pagará caro por ela, assim como as outras.

– Eu sabia – explodiu a mais velha –, acabo justamente de dizer que ela seria a única a cujo pedido o senhor atenderia. Nessa altura da estação, não deve ter pagado por essa flor menos do que teria gastado para nós cinco juntos. Essa rosa, ao que parece, murchará antes do fim do dia; mas isso não importa, claro, o senhor quis agradar à ditosa Bela, pagando uma fortuna por ela.

– É verdade – respondeu tristemente o pai – que essa rosa me custa caro, mais caro do que teriam custado todas as frivolidades que vocês cobiçavam. Não é em dinheiro, contudo; os Céus exigiram que eu desse por ela tudo que me restava de mais valioso.

Tais palavras atiçaram a curiosidade de todos os filhos, transformando em pó a decisão do pai de não revelar sua aventura. Contou-lhes então o fracasso de sua viagem, os dissabores que enfrentara correndo atrás de uma fortuna ilusória e tudo o que acontecera no palácio do monstro. Após esse esclarecimento, o desespero tomou o lugar da esperança e da alegria.

As moças, vendo todos os seus projetos aniquilados por aquela notícia bombástica, puseram-se a gritar, desvairadas; os irmãos, mais corajosos, declararam resolutamente que não permitiriam que o pai retornasse ao funesto

– Aqui está a rosa que você me pediu; pagará caro por ela.

castelo e que eram suficientemente valentes para libertar a terra da horrível Fera, no caso de ela cometer a temeridade de vir buscá-lo. O bom homem, embora comovido com essa aflição, proibiu-lhes qualquer tipo de violência, declarando que, uma vez que dera sua palavra, preferia suicidar-se a não cumpri-la.

Ainda assim, eles não desistiram de arranjar um meio de lhe salvar a vida. Corajosos e desprendidos, sugeriram que um deles fosse oferecer-se à sanha da Fera. Esta, contudo, fora muito clara ao dizer que queria uma moça e não um rapaz. Os valentes irmãos, inconformados por não poderem ajudar, fizeram o possível e o impossível para inspirar os mesmos sentimentos às suas irmãs. Mas a inveja que elas sentiam de Bela era um obstáculo intransponível a essa ação heroica.

– Não é justo – elas disseram – perecermos de maneira atroz por um erro do qual somos inocentes. Isso significaria nos transformar em vítimas de Bela, por quem estaríamos dispostas a nos sacrificar; mas o dever não exige tais sacrifícios de nós. Eis o resultado da moderação e das infindáveis lições de moral dessa infeliz. Por que não pediu, como nós, roupas e joias? Se não as obtivemos, pelo menos pedi-las não custou nada e não temos motivos para nos censurar por ter posto a vida de nosso pai em risco com pedidos estapafúrdios. Se ela não tivesse querido aparecer dando uma de desinteressada, como é em tudo mais afortunada do que nós nosso pai sem dúvida teria arranjado dinheiro suficiente para satisfazê-la. Mas, por um capricho seu, tornou-se a causa de todos os nossos infortúnios. É ela quem os atrai e é sobre nós que pretende despejá-los. Não cairemos nessa. Ela os provocou, ela que os remedeie.

Bela, cuja desolação quase a fizera desmaiar, sufocando seus soluços e suspiros, disse às irmãs:

– Sou a culpada por esse infortúnio, sou eu que devo repará-lo. Admito que seria injusto sofrerem por minha causa. Ai de mim, era todavia um desejo tão inocente! Como imaginar que a vontade de ter uma rosa durante o verão seria punida com tal suplício? Mas o erro está feito: inocente ou culpada, é justo que eu o expie. Não se pode imputá-lo a mais ninguém. Arriscarei minha vida – ela prosseguiu num tom firme – para livrar meu pai de seu fatal compromisso. Irei encontrar a Fera, feliz em morrer para conservar a vida daquele de quem a recebi e fazer calar as maledicências. Não temam, nada irá me dissuadir disso. Mas, por misericórdia, durante esse mês deem-me o prazer de não ouvir mais suas recriminações.

Tanta firmeza numa adolescente deixou-as boquiabertas. Já seus irmãos, que a amavam muito, ficaram perturbados com sua decisão. Ela os amava e eles sentiram a perda. Tratava-se, contudo, de salvar a vida de um pai: esse motivo louvável calou-os e, cientes de que era uma coisa decidida, em vez de pensarem em lutar contra propósito tão generoso, contentaram-se em dar vazão às suas lágrimas e dispensar à irmã os elogios que merecia sua nobre resolução, tanto mais nobre na medida em que, com apenas dezesseis anos, tinha o direito de chorar uma vida que estava prestes a sacrificar de maneira tão cruel.

Só o pai não quis consentir na decisão tomada pela filha caçula. As outras então o criticaram com insolência, dizendo que ele só se importava com Bela e que, apesar das desgraças causadas por ela, lastimava que não fosse uma das primogênitas a pagar por sua imprudência.

Palavras tão injustas forçaram-no a não insistir mais. Como se não bastasse, Bela declarou que mesmo que ele não aceitasse a troca ela iria procurar a Fera e, se não o salvasse, morreria.

– Quem sabe – ela disse, procurando demonstrar uma tranquilidade que não tinha – o destino a mim reservado não esconda outro tão auspicioso quanto este parece terrível.

Suas irmãs, ouvindo-a falar assim, sorriam maliciosamente daquele pensamento utópico, regozijando-se com a ilusão em que a julgavam mergulhada. O velho, porém, vencido por todas aquelas razões – e lembrando-se de uma antiga profecia, segundo a qual aquela filha estava destinada a lhe salvar a vida e ser a fonte da felicidade de toda a família –, desistiu de se opor à vontade de Bela. Friamente, falaram de sua partida como se fosse uma coisa banal. Era ela quem dava o tom à conversação, e embora na presença deles parecesse apreciar aquele momento, não era senão para consolar o pai e os irmãos e não os alarmar mais ainda. Apesar de descontente com a conduta das irmãs, que pareciam ansiosas para vê-la partir e achavam que o mês transcorria com demasiada lentidão, teve a generosidade de dividir com elas todos os singelos móveis e joias de que ainda dispunha.

Elas receberam essa nova prova do desprendimento de Bela com alegria, mas nem assim seu ódio arrefeceu. Exultaram ao ouvirem relinchar o cavalo destinado a transportar uma irmã que a funesta inveja não lhes possibilitava amar. O pai e os filhos, únicos a se afligirem, impotentes diante daquele momento fatal, queriam degolar o cavalo, mas Bela, mantendo toda a sua tranquilidade, não hesitou em apontar-lhes o ridículo daquele propósito e a impossibilidade de executá-lo. Após despedir-se dos irmãos, beijou suas insensíveis irmãs, dando-lhes um adeus tão comovente que lhes arrancou algumas lágrimas, fazendo-as se sentirem, durante escassos minutos, quase tão agoniadas quanto os irmãos.

Em meio a essas despedidas breves e melancólicas, o bom homem, pressionado pela filha, montou no cavalo.

Com o alvoroço de quem sai para uma viagem recreativa, ela subiu na garupa. O animal parecia querer mais voar do que trotar. Aquela celeridade não a incomodou, em absoluto; a cadência daquele cavalo especial era tão suave que Bela não sentiu outra turbulência salvo a provocada pelas brisas.

No caminho, seu pai lhe sugeriu cem vezes que ela descesse, oferecendo-se para seguir sozinho ao encontro da Fera.

– Pense, querida filha – ele dizia –, que ainda é tempo. Esse monstro é mais horripilante do que você pode imaginar. Por mais inflexível que seja sua decisão, temo que vacile ao ver o aspecto da Fera. Aí será tarde demais, você estará perdida e ambos morreremos.

– Se eu estivesse partindo ao encontro dessa Fera medonha na esperança de ser feliz – replicava prudentemente Bela –, não seria impossível, ao vê-la, que tal esperança me desertasse; porém, contando com uma morte próxima e que julgo inexorável, o que me importa que seu causador seja bonito ou feio?

Enquanto conversavam assim, anoiteceu, mas nem por isso o cavalo deixou de avançar na escuridão. Esta, no entanto, num espetáculo surpreendente, se dissipou num piscar de olhos. Rojões de todas as formas, girândolas, cascatas, sóis, feixes, tudo que há de mais belo nos fogos de artifício veio extasiar os olhos dos dois viajantes. Aquela luz agradável e imprevista clareando toda a floresta espalhou no ar um calor ameno, muito bem-vindo, aliás, pois nessa região o frio à noite é muito intenso.

Nessa claridade encantadora, o pai e a filha chegaram à alameda das laranjeiras. No momento em que penetraram na luz, os fogos de artifício cessaram. Em seu lugar entrou a luminosidade vinda das estátuas, todas elas empunhando archotes acesos. Além disso, uma cortina de lanternas cobria toda a fachada do palácio: dispostas simetricamente, formavam corações entrelaçados e símbolos régios, consistindo em duplos BB encimados por coroas. Ao adentrarem o pátio, os dois foram recepcionados com uma salva de artilharia, que, juntando-se ao som de mil instrumentos, tanto delicados como marciais, gerou um belo efeito.

– A Fera deve estar mesmo muito faminta para se alegrar dessa maneira com a chegada de sua presa – brincou Bela.

E, apesar da emoção que sentia com a iminência de um acontecimento que, a princípio, lhe seria fatal, pasma diante das magnificências que se sucediam umas às outras, oferecendo-lhe o espetáculo mais fascinante que já presenciara, acrescentou mordazmente para o pai que os preparativos para a sua morte eram mais grandiosos do que a pompa nupcial do maior rei da Terra.

O cavalo parou ao pé da escadaria da entrada. Bela desceu com agilidade e seu pai, depois de apear, conduziu-a por um vestíbulo até o salão onde fora tão bem tratado. Lá, encontraram uma grande lareira e velas acesas, que espalhavam um perfume sutil, além de uma mesa esplendidamente servida.

O bom homem, que conhecia a maneira como a Fera regalava seus hóspedes, comunicou à filha que aquela refeição destinava-se a eles e que era de bom-tom não recusar. Bela não criou nenhuma dificuldade, persuadida de que aquilo não anteciparia sua morte. Ao contrário, supôs que, agindo assim, provava ao monstro que não tinha repugnância de vir encontrá-lo. Esperava que sua franqueza fosse capaz de amansá-lo e, até mesmo, que sua aventura pudesse vir a ser menos triste do que ela conjeturara a princípio. A medonha Fera com a qual a haviam ameaçado não aparecia: tudo no palácio respirava alegria e magnificência. Bela desconfiou que aquelas demonstrações saudavam sua chegada, não sendo verossímil que anunciassem uma cerimônia fúnebre.

Sua esperança durou pouco. O monstro se fez ouvir. Um barulho terrível, provocado pelo peso formidável do seu corpo, bem como o retinir estrepitoso de suas escamas e os uivos de arrepiar, anunciou sua chegada. O terror se apoderou de Bela. O velho, abraçando a filha, dava gritos

O terror se apoderou de Bela.

lancinantes. Contudo, recuperando imediatamente o autocontrole, ela dominou os nervos. Vendo se aproximar a Fera, que ela não pôde olhar sem tremer no mais fundo de si mesma, avançou num passo firme e saudou-a tímida e respeitosamente. Tal atitude agradou ao monstro. Após estudá-la com atenção, ele disse ao velho, num tom que, sem denotar fúria, era capaz de inspirar terror a qualquer valentão: "Boa noite, velho"; e, voltando-se para Bela, repetiu o cumprimento: "Boa noite, Bela."

O homem, ainda receoso de que alguma coisa de sinistro acontecesse à filha, não teve forças para responder.

Mas Bela, sem se abalar, com uma voz tranquila e segura, retribuiu a saudação:

– Boa noite, Fera.

– A senhorita veio aqui por vontade própria – indagou a Fera – e consente em deixar seu pai partir sozinho?

Bela respondeu que não era outra sua intenção.

– Ah! E o que acha que se tornará após a partida de seu pai?

– O que bem lhe aprouver – ela disse –, minha vida está à sua disposição, submeto-me cegamente ao destino que vier a me reservar.

– Sua submissão me satisfaz – replicou a Fera –, e, uma vez que é assim, que não a trouxeram à força, permanecerá comigo. Quanto a você, bom homem – disse ao comerciante –, partirá amanhã ao nascer do sol, o sino irá avisá-lo. Não demore após o desjejum. Retornará no mesmo cavalo. Mas – acrescentou – quando estiver com sua família, não pense em voltar ao meu palácio, lembre-se de que ele está interditado para você para sempre. Srta. Bela – continuou o monstro, dirigindo-lhe a palavra –, conduza seu pai até o aposento mais próximo, escolha o que ambos julgam do gosto de suas irmãs e irmãos. Encontrará dois baús: encha-os. É justo que lhes mande alguma coisa bem valiosa para obrigá-los a se lembrar da senhorita.

Apesar da generosidade do monstro, a iminente partida do pai desconsolava Bela, causando-lhe extrema angústia. Mesmo assim, ela achou melhor obedecer à Fera, que os deixou, após cumprimentá-los como fizera ao entrar: "Boa noite, Bela, boa noite, velho."

Quando ficaram sozinhos, o homem, abraçando a filha, não conteve as lágrimas. O pensamento de que ia deixá-la com o monstro supliciava-o. Arrependia-se de havê-la trazido para aquele lugar; as portas estando abertas, quis levá-la de volta consigo, mas Bela convenceu-o dos perigos e consequências de tal plano.

Chegando ao aposento que lhes fora indicado se admiraram diante das peças que nele encontraram. Estava abarrotado de vestes tão soberbas que uma rainha não poderia desejar nada de mais belo ou elegante. Nunca se viu boutique tão sortida.

Após escolher os trajes que julgou mais apropriados – não à situação atual de sua família, mas proporcionais às riquezas e à generosidade da Fera que lhe dava aqueles presentes –, Bela abriu um armário cuja porta era de cristal de rocha com incrustações em ouro. Embora previsse encontrar um tesouro raro e precioso atrás daquela divisória, ela viu tantas pedras preciosas, e de todos os tipos, que não foi capaz de suportar seu brilho. Cumprindo as ordens da Fera, pegou irrefletidamente uma quantidade prodigiosa, que dividiu o melhor que pôde em cada um dos lotes que preparara.

Ao abrir o último armário, que não era outra coisa senão um cofre lotado de moedas de ouro, mudou de ideia.

– Penso – ela disse ao pai – que o melhor será esvaziar os baús e enchê-los com moedas. Dessa maneira, o senhor poderá distribuí-las aos seus filhos à medida que lhe aprouver, e não só não será obrigado a colocar ninguém a par do segredo, como suas riquezas permanecerão em suas mãos. O lucro que teria com as pedras, apesar de seu valor considerável, traria mil inconveniências. Para usufruir delas, o senhor seria obrigado a vendê-las e confiá-las a pessoas que só lhe dirigiriam olhos de inveja. Essa própria confiança talvez lhe pudesse ser fatal. Além disso, moedas de ouro, aceitas em toda parte, o deixarão ao abrigo de toda adversidade, facilitando a aquisição de terras, casas, móveis elegantes, adornos e joias.

O pai aprovou seu plano. Querendo, porém, levar alguns adereços e roupas para as filhas, esvaziou o baú que pegara para si próprio a fim de abrir espaço. Mesmo assim, o grande volume de moedas que ele juntou não os enchia, pois eram guarnecidos de pregas elásticas. Achou lugar para as joias que separara e, no fim, os baús continuavam contendo mais do que ele podia desejar.

– Essa infinidade de moedas – disse à filha – me permitirá vender as pedras conforme minhas necessidades. Seguindo seu conselho, esconderei minhas riquezas dos olhos de todos, inclusive dos meus filhos. Se soubessem que enriqueci, eles me atormentariam para abandonar o campo, único lugar onde encontrei a felicidade e não senti a perfídia dos falsos amigos, de que o mundo está infestado.

Os baús, contudo, ficaram tão pesados que até um elefante sucumbiria sob seu peso, e a esperança que ele acabava de acalentar pareceu-lhe um sonho e nada mais.

– A Fera zombou de nós – lamentou-se –, fingiu me doar uma riqueza imensa e me impede de levá-la comigo.

– Não se apresse em seu juízo – respondeu Bela –, o senhor não provocou sua generosidade com nenhum pedido extravagante, tampouco com um olhar ávido e interesseiro. A zombaria não faria sentido. Penso, uma vez que o monstro afirmou, que ele dará um jeito de fazer com que o senhor desfrute dessa riqueza. Basta fechar os baús e deixá-los aqui. Aparentemente, ele sabe o tipo de coche no qual expedi-los.

Não poderia haver conselho mais sensato. O bom homem, conformando-se com essa opinião, voltou ao salão com a filha. O desjejum apareceu num passe de mágica enquanto ambos aguardavam no sofá. O pai comeu com mais apetite do que fizera na véspera. O que acabava de se passar diminuía seu desespero e renovava sua confiança. Teria partido sem maiores preocupações, não fosse a crueldade da Fera, que voltou a lembrá-lo de que ele estava proibido de voltar ao palácio e que deveria dizer adeus para sempre à filha. Não existe mal sem remédio, a não ser a morte. O bom homem não ficou nem um pouco impressionado com aquela ordem. Esperava que ela não fosse irrevogável e essa perspectiva o levou a se despedir de seu anfitrião bastante satisfeito.

Bela não estava tão satisfeita. Incerta quanto ao seu futuro, temia que os ricos presentes com que o monstro brindava sua família fossem o preço de sua vida e que ele a devorasse tão logo se visse a sós com ela. Julgava-se, no mínimo, condenada para sempre ao cativeiro, tendo como única companhia uma Fera medonha.

Tal reflexão mergulhou-a num profundo devaneio. Nesse ínterim, uma segunda badalada do sino advertiu-os de que era hora de se despedirem. Desceram até o pátio, onde o pai encontrou dois cavalos: um carregado com os dois baús, outro reservado exclusivamente para si. Este último, coberto com uma boa manta e tendo a sela guarnecida com dois alforjes de bebidas refrescantes, era o mesmo que ele já montara. Delicadezas tão grandes por parte da Fera ensejaram nova conversa; mas os cavalos, relinchando e esfregando as patas no solo, indicaram que era hora das despedidas.

O comerciante, temendo irritar a Fera com sua demora, despediu-se definitivamente da filha. Os dois cavalos partiram mais velozes que o vento e Bela perdeu-os de vista no mesmo instante. Aos prantos, subiu para o quarto que passaria a ser o seu, onde quedou nas mais tristes reflexões.

Cabeceando de sono, sentiu então necessidade de repousar, o que não conseguira no último mês. Sem nada de melhor para fazer, ia se deitar quando percebeu em sua mesinha de cabeceira uma bandeja com um serviço de chocolate quente. Tomou-o já meio dormindo e seus olhos se fecharam quase imediatamente. Mergulhou num sono tranquilo, que não conhecera mais desde o momento em que recebera a rosa fatal.

Durante o sono, sonhou que estava na beira de um canal comprido a perder de vista, cujas margens eram ornadas com dois renques de laranjeiras e mirtos floridos de uma altura prodigiosa, onde, acabrunhada com sua triste situação, ela deplorava o infortúnio que a condenava a passar seus dias naquele lugar, sem esperanças de escapar.

Um formoso rapaz, tal qual nos descrevem o deus do Amor, com uma voz que falava direto ao coração, consolou-a:

– Não acredite que será tão infeliz como parece à primeira vista, Bela. É neste lugar que receberá a recompensa que lhe recusaram em toda parte. Use sua perspicácia para me desvencilhar do aspecto que me camufla. Quando me vir, avalie se minha companhia é desprezível, se não é preferível à de uma família que não a merece. Deseje; todos os seus desejos serão atendidos. Amo-a profundamente: só você pode fazer minha felicidade, sendo igualmente feliz. Nunca me negue isto. Pairando tão acima de todas as outras mulheres, tanto por sua natureza como por sua beleza, seremos plenamente felizes juntos.

Em seguida, ajoelhando-se aos seus pés, aquele fantasma encantador fez-lhe as promessas mais lisonjeiras nos termos mais amorosos. Insistiu com veemência para que ela consentisse em sua felicidade, asseverando-lhe que esta estava em suas mãos.

– O que posso fazer? – ela respondeu precipitadamente.

– Obedeça ao que dita a gratidão – ele respondeu. – Não consulte seus olhos e, sobretudo, não me abandone, libertando-me do terrível martírio que padeço.

Depois desse primeiro sonho, sonhou que estava num recinto magnífico, na companhia de uma Dama, cujo ar majestoso e beleza surpreendente lhe inspiraram um profundo respeito. Num tom afetuoso, a Dama aconselhou-a:

– Encantadora Bela, não lastime o que acaba de deixar para trás. Um destino mais ilustre a espera: se quiser merecê-lo, não se deixe seduzir pelas aparências.

Seu sono durou mais de cinco horas, durante as quais ela viu o rapaz em cem lugares diferentes e de cem maneiras diferentes.

Ora ele lhe oferecia uma festa galante, ora dizia as palavras mais carinhosas. Que sono agradável! Teria desejado prolongá-lo, mas seus olhos, abertos para a luz, recusaram-se a se fechar de novo e Bela julgou ter tido tão somente o enlevo de um sonho.

Um relógio de carrilhão bateu doze horas, repetindo doze vezes seu nome musicalmente e instigando-a a se levantar. A primeira coisa que viu foi um cômodo de toalete dotado de todos os apetrechos ao gosto das damas. Após ter se arrumado com uma espécie de prazer, cuja causa ela não presumia, passou ao salão, onde sua refeição acabava de ser servida.

Quando comemos sozinhos, comemos depressa. De volta ao seu quarto, ela se atirou num sofá e voltou a pensar no rapaz do sonho. "'Posso fazer sua felicidade', foram suas palavras. Tudo indica que a Fera medonha, que parece mandar por aqui, o mantém cativo. Como libertá-lo? Fui aconselhada a não me fiar nas aparências. Não entendo... Mas que loucura! Divirto-me procurando razões para explicar uma ilusão que o sono criou e o despertar destruiu. Preciso tirar isso da minha cabeça e me preocupar apenas com a minha situação atual, e em arranjar passatempos que me impeçam de sucumbir ao tédio."

Resolveu então percorrer os numerosos aposentos do palácio. Ficou maravilhada, nunca tendo visto nada tão belo. O primeiro que visitou era um amplo quarto de espelhos, no qual ela se via de todos os ângulos possíveis. Pendendo de uma girândola, um bracelete extasiou seus olhos. Nele descobriu gravado o retrato do formoso cavaleiro, exatamente como vira em sonho. Como não o reconhecer? Aquelas feições já estavam impressas em sua mente e, talvez, em seu coração. Impulsivamente, sem refletir na conveniência do gesto, colocou alegremente o bracelete. Deixando esse quarto, ao passar por uma galeria repleta de quadros, encontrou ali o mesmo retrato em tamanho natural, que parecia contemplá-la com uma atenção tão amorosa que a fez corar, como se aquela pintura fosse o próprio modelo ou ela estivesse diante de testemunhas de seu pensamento.

Continuando o passeio, viu-se numa sala equipada com os mais variados instrumentos musicais. Sabendo tocar quase todos eles, testou alguns, dando preferência ao cravo, pois se harmonizava mais com sua voz. Dessa sala passou a outra galeria, semelhante à dos quadros, onde havia uma imensa biblioteca. Gostava de ler e, desde sua mudança para o campo, tinha se visto privada dessa ativi-

Bela resolveu percorrer os numerosos aposentos do palácio.
Ficou maravilhada, nunca tendo visto nada tão belo.

dade. Seu pai, devido à desordem em seus negócios, fora obrigado a vender todos os livros. Sua paixão pela leitura podia facilmente ser saciada naquele local e protegê-la do tédio da solidão. O dia chegou ao fim sem que ela pudesse ver tudo. Ao anoitecer, todos os aposentos foram iluminados por velas aromatizadas instaladas nos lustres, transparentes ou multicoloridos – e não de cristal, mas sim de diamantes e rubis.

Na hora de sempre, Bela encontrou seu jantar servido com a mesma delicadeza e asseio da véspera. Nenhuma figura humana apareceu à sua frente; seu pai a avisara de que ela ficaria sozinha. Quando começava a se acostumar com aquela solidão, a Fera resolveu se manifestar. Bela ainda não tinha se encontrado a sós com ela e, ignorando como aquela entrevista se daria, temendo inclusive que ela viesse para devorá-la, como não tremer de medo? Porém, com a chegada da Fera, cuja abordagem não lhe pareceu nada terrível, seus pavores se dissiparam. O monstruoso colosso disse-lhe rudemente "Boa noite, Bela", e ela retribuiu a saudação nos mesmos termos, com o semblante afável, mas um pouco trêmula.

Dentre as inúmeras perguntas que o monstro lhe fez, quis saber como ela passara o tempo. Bela respondeu:

– Dediquei o dia a fazer uma visita ao seu palácio, mas ele é tão vasto que não tive tempo de ver todos os aposentos e belezas que contém.

A Fera perguntou:

– Acha que vai se habituar a viver aqui?

A moça respondeu educadamente que não via dificuldade em viver em morada tão deslumbrante. Após uma hora de conversa, Bela percebeu que aquela voz horrenda era provocada pela natureza de seu órgão vocal e que a Fera tendia mais para a rudeza do que para a fúria. A Fera então lhe perguntou sem rodeios se ela aceitava dividir o leito com ela. Diante dessa pergunta imprevista, os temores de Bela se renovaram e, num grito terrível, ela não se conteve:

– Oh, céus, estou perdida!

– Em absoluto – respondeu tranquilamente a Fera. – Não se assuste, responda francamente. Diga sim ou não.

Tremendo, Bela respondeu:

– Não, Fera.

– Pois bem, uma vez que a senhorita não quer – replicou o monstro, dócil –, vou embora. Boa noite, Bela.

– Boa noite, Fera – disse com grande satisfação a moça assustada.

Aliviada por não precisar temer a violência, ela se recolheu tranquilamente e adormeceu. Dali a pouco, o Desconhecido ressurgiu em seu espírito. Disse-lhe afetuosamente:

– Que alegria revê-la, querida Bela! Quanto rigor, não vê que me faz sofrer! Pressinto que tempos difíceis me esperam.

Seu pensamento deu uma nova guinada, e agora ela via o rapaz lhe oferecendo uma coroa. O sono fazia com que ele aparecesse de mil maneiras diferentes: umas vezes aos seus pés, outras eufórico de alegria, ou derramando um rio de lágrimas, despertando sua compaixão. Essa oscilação entre alegria e tristeza durou a noite toda. Ao acordar, com aquela imagem gravada no coração, procurou seu retrato para examiná-lo novamente e verificar se não se iludira. Correu à galeria das pinturas, onde o reconheceu ainda melhor. Quanto tempo ficou a admirá-lo! Porém, envergonhada de sua fraqueza, decidiu se limitar a admirar a miniatura que tinha na mão.

Em seguida, para repousar de tão meigas reflexões, desceu aos jardins. O dia estava perfeito para um passeio; seus olhos, extasiados, nunca tinham visto nada tão lindo na natureza. Uma profusão de belas estátuas e chafarizes, que refrescavam o ar de alturas inauditas, adornava os bosques.

O que mais a espantou foi ter reconhecido os locais onde, durante seu sono, o Desconhecido aparecera. Especialmente intrigada diante do grande canal, margeado por laranjeiras e mirtos, percebeu que aquele sonho não era fantasia. Julgou explicar o mistério imaginando que a Fera mantinha alguém cativo no palácio. Resolveu esclarecer a dúvida naquela mesma noite e interrogar o monstro, cuja visita esperava, na mesma hora dos outros dias. Na medida em que suas forças lhe permitiram, passeou o resto do dia e, mesmo assim, continuou sem conseguir ver tudo.

Os aposentos que não pudera ver na véspera eram tão dignos de sua admiração quanto os que já visitara. Além dos instrumentos musicais e das curiosidades de que estava cercada, deparou, em outro gabinete, com uma profusão de coisas com que se entreter. Havia bolsas, teares, tesouras e apetrechos para todo tipo de costura. Uma porta desse encantador gabinete abria para uma soberba galeria, da qual ela descortinava o mais belo país do mundo.

Nessa galeria, alguém se dera ao trabalho de instalar um viveiro com pássaros raros, que fizeram um concerto admirável quando Bela chegou. Os delicados animais foram se acomodar em seus ombros e competiam para ver quem se aproximava mais dela.

– Adoráveis criaturas – interpelou-as –, que vozes maviosas! Dói o coração vê-las tão longe de meus aposentos, onde eu poderia ouvi-las mais assiduamente.

Qual não foi sua surpresa quando, ao dizer essas palavras, abriu uma porta e se viu em seu quarto, que ela julgava distante daquela bela galeria, à qual só chegara após dar uma volta e atravessar a sequência de aposentos que compunham aquele pavilhão! A divisória, que a impedira de constatar a proximidade das aves, se abria e fechava, o que era bastante cômodo para não ouvi-las quando não estava com vontade.

Seguindo adiante, Bela deparou com outro bando emplumado: eram papagaios de todas as espécies e cores. Vendo-a, todos começaram a palrar. Um dava bom-dia, outro pedia para almoçar, um terceiro, mais galante, solicitava um beijo. Vários cantavam árias de ópera, outros declamavam versos dos melhores autores, e todos se ofereciam para diverti-la. Eram tão doces e meigos como as outras aves. Sua presença lhe proporcionou um verdadeiro prazer, pois, não apreciando o silêncio, teria assim com quem falar. Interrogou vários, que lhe responderam, parecendo animais inteligentíssimos. Escolheu o que mais lhe agradou. Os demais, com ciúme dessa preferência, queixaram-se langorosamente. Ela os tranquilizou com algumas carícias e autorizando-os a vir visitá-la quando desejassem.

Não longe desse local, viu um numeroso bando de símios de todos os tamanhos, grandes, pequenos, macacos com faces humanas, outros com a barba azul, verde, preta ou amarela. Eles a seguiram até a entrada de seus aposentos, aonde o acaso a conduzira. Fizeram-lhe reverências, acompanhadas de inúmeras cambalhotas, e, com gestos, demonstraram como eram sensíveis à honra que ela lhes fazia. Para celebrar com uma festa, dançaram sobre uma corda e fizeram acrobacias com uma habilidade e leveza sem iguais. Embora satisfeita com os macacos, Bela lastimava não encontrar nada que indicasse o paradeiro do lindo Desconhecido. Perdendo as esperanças, julgando seu sonho uma quimera, fazia todo o possível para esquecê-lo, mas seus esforços eram vãos. Elogiou os macacos e, acariciando-os, manifestou o desejo de ter alguns à guisa de companhia e séquito.

No mesmo instante, dois grandes símios em trajes de corte vieram colocar-se gravemente ao seu lado, enquanto dois macaquinhos espertos pegavam seu vestido para atuar como pajens.

No mesmo instante, dois grandes símios em trajes de corte, que pareciam esperar por suas ordens, vieram colocar-se gravemente ao seu lado, enquanto dois macaquinhos espertos pegavam seu vestido para atuar como pajens. Um orangotango engraçado, vestido como um escudeiro espanhol, ofereceu-lhe a pata enluvada. Acompanhada por esse singular cortejo, Bela foi fazer sua refeição. Para entretê-la, os passarinhos assobiaram imitando instrumentos musicais e acompanharam com precisão as vozes dos papagaios, que cantaram as árias mais belas e em voga...

Ao som desse concerto, os macacos que haviam se feito garçons de Bela, assumindo num piscar de olhos seus cargos e encargos, deram início às suas funções e a serviram cerimoniosamente, com a elegância e o respeito com que as rainhas são servidas pelos criados.

Quando ela deixou a mesa, outro bando veio brindá-la com um novo espetáculo. Era uma companhia de atores, que, num estilo deveras curioso, representou uma tragédia. Esses *signores* macacos e *signoras* macacas, em figurinos teatrais adornados com bordados, pérolas e diamantes, gesticulavam enquanto os papagaios falavam com bastante clareza e mui apropriadamente, de maneira que era preciso saber que essas aves estavam escondidas sob as perucas e mantas para imaginar que aqueles atores de vanguarda não falavam de moto próprio. A peça parecia escrita especialmente para os atores, deixando Bela fascinada. No fim da tragédia, um macaco fez-lhe um longo elogio e agradeceu-lhe a indulgência com que lhes assistira. Partiram todos, ficando apenas os macacos de seu estafe, destinados a entretê-la.

Terminado o jantar, a Fera, como sempre, foi lhe fazer uma visita e, após as mesmas perguntas e as mesmas respostas, a conversa se encerrou com um "Boa noite, Bela". As macacas camareiras despiram sua ama, ajudaram-na a se deitar e tiveram a delicadeza de abrir a janela do viveiro para que os pássaros, com trinados menos exuberantes que os diurnos, lhe provocassem o sono e entorpecessem os sentidos, dando-lhe o prazer de rever seu adorável bem-amado.

Os dias escoavam e ela não se entediava. Tudo era motivo para um novo folguedo. Em três ou quatro aulas, os macacos se deram ao trabalho de amestrar cada qual um papagaio, que, servindo-lhes de intérprete, respondia a Bela, com a mesma prontidão e exatidão que os macacos demonstravam em seus gestos. Enfim, Bela só achava aborrecido ter de aguentar a presença da Fera todas as noites. Mas suas visitas eram curtas e era sem dúvida graças àquela criatura que ela usufruía de todos os prazeres imagináveis.

A gentileza do monstro por vezes fazia Bela ter vontade de lhe pedir esclarecimentos sobre a pessoa que via em

Ela não se entediava. Tudo era motivo para um novo folguedo.

sonho. Porém, consciente da paixão da Fera e temendo suscitar-lhe ciúme com tal pergunta, calou-se por prudência, não ousando satisfazer sua curiosidade.

Já visitara diversas vezes todos os aposentos daquele palácio encantado, mas havia sempre alguma coisa rara, curiosa e sofisticada para descobrir. Dessa vez Bela dirigiu seus passos para um grande salão, em que ela só estivera uma vez. O salão possuía quatro janelas de cada lado. Apenas duas estavam abertas, deixando entrar uma luz triste. Bela quis mais claridade, porém, em vez da luz que julgou que faria entrar abrindo outra janela, deparou com um local fechado. Esse local, embora espaçoso, tinha as luzes apagadas e seus olhos não puderam perceber senão um fulgor distante, que só chegava a ela filtrado por uma cortina bem grossa. Enquanto pensava para saber a que se destinava aquele lugar, uma intensa claridade veio de repente ofuscá-la. O pano se abriu e Bela descobriu um teatro, explodindo de luzes. Na plateia e nos camarotes, viu um público bonito e elegante.

Uma doce sinfonia, que começou a ressoar naquele instante, só veio a ser interrompida para permitir a outros atores, que não eram nem macacos nem papagaios, representarem uma belíssima tragédia, seguida de uma pequena peça, que, em seu gênero, nada ficava a dever à primeira. Bela apreciava espetáculos. Era o único prazer que lhe fazia falta desde que deixara a metrópole. Buscou verificar o tecido usado no reposteiro do camarote ao lado do seu, curiosa, mas foi impedida por um espelho que os separava, revelando que o que ela julgava real não passava de um artifício e que os objetos que via eram um mero reflexo, gerado por aquele cristal, o qual oferecia à sua vista o que se desenrolava no palco do teatro da cidade mais requintada do mundo. Refletir assim objetos tão distantes era uma proeza da óptica.

Após a Comédia, ela permaneceu certo tempo em seu camarote para assistir à saída das figuras ilustres. A escuridão, que se instalou gradualmente, logo obrigou-a a pensar em outra coisa. Contente com aquela descoberta, da qual prometia a si mesma desfrutar com frequência, desceu para os jardins. Começava a se familiarizar com os prodígios, percebia serem forjados para seu proveito e para alegrá-la.

Depois do jantar, como sempre fazia, a Fera veio lhe perguntar o que fizera durante o dia. Bela contou-lhe fielmente todos os seus divertimentos e disse ter ido à Comédia.

– A senhorita gostou? – perguntou-lhe o pesado animal. – Deseje tudo que lhe agrade e terá: a senhorita é muito formosa.

Bela sorriu intimamente daquela franqueza rude. O que não a fez sorrir foi a pergunta de sempre, e aquele "A senhorita aceita dividir o leito comigo?" acabou com seu bom humor. Respondeu simplesmente não, porém dessa vez a docilidade da Fera não a serenou. Na verdade, Bela ficou alarmada. "Qual será o desfecho de tudo isso?" ruminava. "A pergunta que o monstro me faz todas as vezes, se quero me deitar com ele, prova que ele persevera em seu amor. Seus presentes confirmam isso. Contudo, embora ele não insista em seus pedidos, e não demonstre nenhum ressentimento face às minhas recusas, quem me garante que não irá perder a paciência e minha morte não será o preço disso?"

Essas reflexões a deixaram tão ensimesmada que era quase dia quando foi se deitar. O Desconhecido, que só aguardava aquele momento para fazer sua aparição, censurou-a carinhosamente por aquele atraso. Encontrando-a triste, pensativa, perguntou-lhe o que a desagradava naquele lugar. Ela respondeu que nada, exceto o monstro, a quem via todas as noites. Poderia até habituar-se, mas ele estava apaixonado por ela e aquele amor a fazia temer alguma violência.

– Pelos elogios insensatos que me faz, julgo que deseja que eu me case com ele; me aconselharia a satisfazê-lo? – perguntou Bela ao Desconhecido. – Ai de mim! Se por um lado ele é tão encantador quanto horrendo, você trancou o meu coração não só para ele, como para qualquer outro, e não me acanho de confessar que não posso amar senão a ti.

Uma confissão tão encantadora não fez senão lisonjeá-lo, mas sua resposta foi simplesmente:

– Ame quem a ama, não se deixe enganar pelas aparências e liberte-me da prisão.

Tais palavras, repetidas continuamente sem nenhuma outra explicação, mergulharam Bela numa dor infinita.

– O que deseja que eu faça? – perguntou. – Eu pagaria o preço que fosse para lhe devolver a liberdade, mas meu desejo é inútil enquanto não me fornecer os meios de concretizá-lo.

O Desconhecido ainda respondeu, porém de uma maneira tão confusa que ela não compreendeu nada. Mil extravagâncias desfilaram diante de seus olhos. Num trono resplandecente de pedras preciosas, ela via o monstro, que a chamava e convidava para sentar ao seu lado. No momento seguinte, o Desconhecido obrigava-o a descer e ocupava o seu lugar. A Fera então recuperava a vantagem e era a vez de o Desconhecido desaparecer. Ambos lhe dirigiam a palavra através de um véu negro, que alterava suas vozes e as tornava assustadoras.

Todo o tempo do seu sono transcorreu dessa maneira e, apesar da agitação que sentia, ainda assim julgou que ele terminava precocemente, uma vez que ao despertar via-se privada do objeto de sua ternura. Após terminar de se vestir, diferentes trabalhos de costura, livros e animais a ocuparam até o momento do teatro. Chegou em cima da hora, mas não estava mais no mesmo teatro, e sim na Ópera, que começou tão logo ela se acomodou. O espetáculo era magnífico, e os espectadores não ficavam atrás. Os espelhos reproduziam nitidamente para ela até o menor detalhe dos trajes da plateia. Deliciada ao ver rostos humanos, incluindo os de vários conhecidos seus, teria sido para ela um prazer maior ainda falar com eles e se fazer ouvir.

Mais contente com esse dia que com o anterior, o resto dele desenrolou-se tal como acontecia desde que estava naquele palácio. A Fera fez sua visita e retirou-se como sempre. A noite foi igual às outras, isto é, recheada de sonhos agradáveis. Ao despertar, Bela encontrou o mesmo número de criados para servi-la. Após o desjejum, dedicou-se a outras ocupações.

Na véspera, ao abrir outra janela, assistira a uma ópera. Para diversificar seus entretenimentos, abriu então uma terceira, que lhe proporcionou as diversões parisienses de um teatro de rua, muito mais concorridas que nos dias de hoje. Porém, como ainda não era hora da apresentação da trupe principal, ela teve tempo de percorrer e examinar tudo. Viu as curiosidades mais raras, os mais extraordinários produtos da natureza, bem como diversas obras de arte. Enxergava os mais ínfimos detalhes. Nem mesmo as marionetes foram um passatempo indigno de sua atenção, enquanto esperava coisa melhor. A ópera-cômica foi um sucesso. Bela adorou.

Ao fim do espetáculo, viu todas aquelas pessoas elegantes se dirigirem ao comércio local. Misturados à multidão, identificou jogadores profissionais, que circulavam por ali como se fosse seu escritório. Observou alguns que, perdendo seu dinheiro para a maior habilidade dos adversários, saíam com o aspecto menos alegre do que tinham ao entrar. Nem os jogadores mais cautelosos, que não arriscavam sua fortuna ao acaso do jogo e sim para exercitar seu talento, conseguiram esconder seus truques de Bela. Ela bem queria advertir as vítimas daquelas artimanhas, porém, a mais de mil léguas de distância, isso era impossível. Ouvia e observava tudo muito distintamente, sem que pudesse fazê-los ouvir o som de sua voz, tampouco ser percebida por eles. Os reflexos que lhe traziam o que ela via e ouvia não eram suficientemente perfeitos para retornar da mesma forma. Bela estava acima dos ares e dos ventos, tudo lhe chegava como pensamento. Percebendo isso, parou de fazer tentativas inúteis.

Passava da meia-noite quando julgou ser o momento de se retirar. A necessidade de comer alguma coisa poderia tê-la alertado para a hora. Porém, como em seu camarote ela encontrara bebidas e uma cesta com um farto lanche, sua ceia foi leve e curta. Estava ansiosa para recolher-se. A Fera, notando sua impaciência, veio simplesmente desejar-lhe boa-noite, a fim de dar a ela tempo para dormir e, ao Desconhecido, espaço para aparecer. Os dias seguintes não foram diferentes. Dispunha de fontes inesgotáveis de entretenimento em suas janelas. A primeira das três restantes lhe proporcionava o prazer da Comédia Italiana; a segunda, a vista das Tulherias, para onde convergem as pessoas mais ilustres e elegantes da Europa; e a última, não menos agradável, permitia-lhe ver tudo o que de importante acontecia no mundo. A cena era curiosa e multifacetada. Às vezes era alguma famosa comitiva que ela via, ou um casamento ilustre, eventualmente uma ou outra revolução interessante. Ela estava nessa janela durante a última revolta dos janízaros, e testemunhou tudo até o fim.

A qualquer hora, estava certa de encontrar uma ocupação agradável. A inquietação que sentira nos primeiros dias, enquanto esperava a Fera, dissipara-se inteiramente. Seus olhos haviam se acostumado àquela fealdade. Estava preparada para suas perguntas tolas e, se a conversa se estendesse, talvez a visse com mais prazer. Mas quatro ou cinco frases, sempre as mesmas, ditas de maneira vulgar, exigindo apenas sim ou não como resposta, não eram de seu gosto.

Como tudo parecia acorrer para satisfazer seus desejos, Bela passou a cuidar mais de sua aparência, embora estivesse certa de que ninguém podia vê-la. Além de dever a si tais atenções, para ela era um prazer vestir-se com os trajes típicos de todas as nações da Terra, o que não era nada difícil, já que seu guarda-roupa lhe fornecia tudo que ela podia desejar e lhe sugeria diariamente alguma coisa nova. Nesses diversos adornos, seu espelho lhe dizia que ela poderia ser admirada por todas as nações, e seus animais, cada um deles segundo seu temperamento, lhe repetiam isso incessantemente, os macacos com seus gestos, os papagaios com seus discursos e os pássaros com seu canto.

A inquietação dos primeiros dias dissipara-se inteiramente.
Seus olhos haviam se acostumado àquela fealdade.

Uma vida prazerosa assim deveria saciar-lhe todos os anseios. Mas tudo cansa, a maior felicidade se torna insípida quando é ininterrupta, quando deriva sempre da mesma fonte e nos vemos imunes ao medo e à esperança. Bela teve essa experiência. A saudade de sua família veio então perturbá-la em meio à sua prosperidade. Sua felicidade não seria perfeita enquanto não pudesse anunciá-la aos seus.

Perdendo seu acanhamento diante da Fera, fosse pelo hábito de vê-la, fosse pela bondade que via em seu caráter, julgou poder perguntar-lhe uma coisa, mas só tomou tal liberdade após o monstro garantir que não se irritaria. A pergunta que lhe fez foi se estavam os dois sozinhos naquele castelo.

– Sim, eu lhe afirmo – ele respondeu, com uma espécie de precipitação – e asseguro-lhe que a senhorita e eu, os macacos e os outros animais somos as únicas criaturas que respiram presentes neste local.

A Fera calou e saiu mais bruscamente do que o normal.

Bela só fizera aquela pergunta para tentar saber se o seu bem-amado se encontrava naquele palácio. Queria vê-lo e conversar com ele; esta era uma felicidade que teria comprado ao preço de sua liberdade, bem como de todas as riquezas que a cercavam. Uma vez que aquele rapaz encantador não existia senão em sua imaginação, passou a olhar aquele palácio como uma prisão destinada a ser seu túmulo.

Tristes ideias também vieram assaltá-la à noite. Sonhou que estava na beira de um grande canal. Chorava, quando o adorado Desconhecido, alarmado com seu sofrimento, disse, apertando-lhe ternamente as mãos:

– O que há com você, querida Bela? Quem a incomoda, quem perturba sua tranquilidade? Em nome do meu amor, peço uma explicação. Nada lhe será recusado. Aqui você é a única Soberana, tudo lhe é subordinado. De onde vem a inquietação que a aflige? Porventura é a visão da Fera que a faz sofrer? Precisa livrar-se dela.

Ao ouvir tais palavras, Bela imaginou ver o Desconhecido puxando um punhal e se preparando para degolar o monstro, que não fazia nenhum esforço para se defender. A Fera até mesmo se oferecia a seus golpes com uma submissão e docilidade que fizeram Bela recear, em sua sonolência, que o Desconhecido executasse seu desígnio antes que ela pudesse se contrapor – embora houvesse levantado para correr em auxílio do monstro tão logo percebera a intenção do Desconhecido. Anunciando sua chegada para protegê-la, bradou:

– Bárbaro! Não toque no meu benfeitor, ou me matará!

O rapaz, que apesar dos gritos de Bela se obstinava em atacar o monstro, esbravejou, furioso:

– Você não me ama, uma vez que toma o partido dessa Fera que se opõe à minha felicidade.

– Ingrato! – ela replicou, retendo-o sempre. – Amo-o mais que a própria vida e preferia perdê-la a deixar de amá-lo. Você é tudo para mim, eu não cometeria a injustiça de compará-lo com nada que existe no mundo. Abriria mão de tudo para segui-lo nos desertos mais ermos. Mas esses sentimentos amorosos não se sobrepõem à minha gratidão. Devo tudo à Fera: ela atende a todos os meus desejos, foi ela que me proporcionou a felicidade de conhecê-lo e prefiro me submeter à morte a permitir que você lhe faça qualquer ultraje.

Com isso, tudo desapareceu e Bela julgou ver a Dama, que lhe aparecera algumas noites antes, lhe dizer:

– Coragem, Bela; seja o modelo das mulheres generosas, sensata e encantadora. Não hesite sacrificar a inclinação ao dever. Você está no verdadeiro caminho da felicidade. Será feliz, mas para isso não pode se fiar nas aparências enganadoras.

Quando acordou, Bela analisou aquele sonho, que começava a lhe parecer cada vez mais misterioso, mas ele permaneceu um enigma para ela. Durante o dia, o desejo de rever seu pai prevalecia sobre as inquietudes que o monstro e o Desconhecido lhe suscitavam durante o sono. Assim, nem tranquila à noite nem contente de dia, embora vivendo na opulência, a única distração que lhe restava era o teatro. Foi à Comédia Italiana, de onde saiu logo na primeira cena para ir à Ópera, mas também foi embora dali com a mesma precipitação. Sua melancolia a seguia aonde fosse, às vezes abria seis janelas mais de seis vezes cada uma sem encontrar um instante de paz. Dias e noites de constante agitação começaram a prejudicar seriamente sua beleza e sua saúde.

Tomava o maior cuidado para esconder da Fera a dor que a afligia, e o monstro, que a surpreendera mais de uma vez com os olhos marejados, depois de ela responder que não passava de uma leve dor de cabeça, não insistia. Certa noite, contudo, traída pelos soluços e incapaz de dissimular, revelou à Fera, que indagara o motivo de seu sofrimento, que ardia de vontade de rever sua família.

Ao ouvir tal declaração, a Fera, sem forças, caiu no chão e, dando um suspiro, ou melhor, um uivo terrível, desabafou:

– O quê! A senhorita abandonaria esta desafortunada Fera? Devo acreditar que não sente nenhuma gratidão? O que lhe falta para ser feliz? As delicadezas que lhe dispenso não neutralizaram o seu ódio? Como é injusta ao preferir a casa de seu pai e a inveja de suas irmãs a mim; ao preferir guardar rebanhos a gozar das delícias da vida. Não é por amor à sua família, é por aversão a mim que deseja partir.

– Não, Fera – respondeu-lhe Bela, com um ar tímido e sedutor –, não a odeio, e deixar de vê-la seria um suplício para mim; mas não posso vencer o desejo que tenho de abraçar minha família. Permita-me ausentar-me durante dois meses, prometo voltar alegremente para passar o resto da vida ao seu lado e jamais fazer outro pedido igual a este.

Ouvindo essas palavras, a Fera, deitada no chão e com a cabeça prostrada, só dava sinais de vida através de seus dolorosos suspiros. Respondeu a Bela nos seguintes termos:

– Não posso lhe recusar nada, embora isso talvez me custe a vida. Não importa. No gabinete mais próximo de seu quarto, a senhorita encontrará quatro arcas: encha-as com tudo que lhe agradar, seja para si, seja para seus parentes. Se não cumprir sua palavra, irá se arrepender e chorar a morte de sua pobre Fera quando já for tarde demais. Volte daqui a dois meses, ainda me encontrará viva. Para retornar, não necessitará de meio de transporte: apenas se despeça de sua família, à noite, antes de se recolher, e, quando estiver na cama, gire no seu anel a pedra nele incrustada e pronuncie num tom firme: "Quero retornar ao meu palácio e rever a minha Fera." Boa noite, não se preocupe com nada, durma tranquilamente, verá seu pai em breve. Adeus, Bela.

Assim que se viu sozinha, ela correu para os baús, os quais só ficaram cheios quando ela se cansou de colocar coisas dentro deles, todas as galanterias e riquezas imagináveis. Após esses preparativos, deitou-se. A expectativa de rever sua família a manteve acordada o tempo todo que deveria ter dormido e o sono só a venceu na hora em que deveria despertar. Ao adormecer, viu seu adorado Desconhecido, mas este não era mais o mesmo: estendido num leito de grama, pareceu-lhe tomado pela mais intensa dor.

Bela, comovida ao vê-lo assim, quis arrancá-lo daquela profunda melancolia, perguntando o motivo de sua dor. Mas seu bem-amado, fitando-a com um ar de desespero, interpelou-a:

– Como pode me fazer pergunta tão desumana? Não sabe que sua partida me condena à morte?

– Não se entregue ao sofrimento, querido Desconhecido – ela respondeu –, minha ausência será curta, quero apenas tranquilizar minha família quanto ao cruel destino que ela julga ter sido o meu. Logo estarei de volta a este palácio e não o abandonarei mais. Oh! Como abandonar vivenda tão aprazível? Além disso, dei minha palavra à Fera de que voltaria, não posso descumpri-la. Mas por que essa viagem deve nos separar? Seja meu guia. Adiarei minha partida para amanhã, pedirei autorização à Fera. Tenho certeza de que ela não irá recusar. Aceite minha proposta: não nos separemos, voltemos juntos; minha família irá adorar conhecê-lo e o receberá com todo o respeito que você merece.

– Não posso me curvar a seus desejos – ele disse –, a menos que resolva nunca mais retornar ao palácio. É o único meio de me fazer sair. Pense no que deseja fazer. Os moradores deste lugar não têm poder suficiente para obrigá-la a voltar. Nada pode acontecer com você, apenas magoará a Fera.

– Esqueceu-se – replicou Bela – de que ela falou que morreria se eu não cumprisse minha palavra...

– Qual a importância disso? – perguntou o rapaz. – Seria alguma desgraça se a sua satisfação custasse a vida de um simples monstro? Qual a utilidade dele para o mundo? Quem perderia com a destruição de uma criatura que só aparece na Terra para causar horror à natureza inteira?

– Ah! – exclamou Bela, quase fora de si. – Saiba que eu daria minha vida para conservar a dele e que esse monstro, que só é monstro na aparência, tem um caráter tão humano que não deve ser punido por uma deformidade para a qual não contribuiu em nada. Não posso pagar sua bondade com tão feia ingratidão!

O Desconhecido, interrompendo-a, perguntou-lhe o que ela faria se o monstro tentasse matá-lo e, se um dos dois devesse fazer o outro perecer, a qual ela prestaria socorro.

– Você é meu único amor – ela respondeu. – Mas, embora minha afeição seja extrema, ela não diminui minha gratidão pela Fera. Se eu me visse nessa funesta circunstância, anteciparia a dor que as consequências desse combate poderiam me infligir, matando-me. Mas para que suposições tão aborrecidas? Pensar nelas é o suficiente para me deixar gelada, mesmo sendo quiméricas. Mudemos de assunto.

Ela deu o exemplo, dizendo-lhe tudo que uma namorada apaixonada pode dizer de mais carinhoso ao namorado. Não se deixara reprimir pelo decoro social e, com o sono dando-lhe a liberdade de agir espontaneamente, manifestou-lhe sentimentos que, no uso perfeito da razão, teria sufocado. Dormiu bastante e, quando despertou, temeu que a Fera não tivesse cumprido com a palavra. Estava nessa incerteza quando ouviu uma voz humana familiar. Abrindo precipitadamente a cortina, ficou admirada ao se ver num quarto que não conhecia, cujos móveis, por sinal, não eram tão magníficos como os do palácio da Fera.

Aquele prodígio a fez correr para abrir a porta do quarto. Não reconhecia os aposentos. O que mais a surpreendeu foi encontrar ali os quatro baús que preparara na véspera. O transporte de sua pessoa e de seus tesouros era uma prova do poder e das bondades da Fera, mas onde estava? Não podia imaginar. Quando finalmente ouviu a voz do pai, correu para atirar-se ao pescoço dele. Sua aparição deixou pasmos os irmãos e irmãs. Todos a beijaram com grandes demonstrações de alegria, embora suas irmãs, intimamente, olhassem atravessado para ela. A inveja não se extinguira.

Após muitos afagos de ambos os lados, o pai quis vê-la a sós para se inteirar das circunstâncias daquela viagem tão surpreendente e colocá-la a par da situação de sua fortuna, para a qual ela tanto colaborara. Contou-lhe que, na mesma noite do dia em que a deixara no palácio da Fera, vira-se em sua casa e sem nenhuma fadiga; que, no caminho, urdira um plano para esconder seus baús da vista das filhas, planejando levá-los para um pequeno gabinete anexo ao seu quarto, cuja chave só ele possuía; que julgara impossível tal plano; mas que, ao tocar as patas no chão, o cavalo que carregava seus baús fugira e ele se vira subitamente livre do embaraço de esconder seus tesouros.

– Confesso – disse o velho à sua filha – que a perda dessas riquezas, das quais eu me julgava privado, não me amofinou nem um pouco. Eu não as possuíra tempo suficiente para sentir sua falta... Mas vislumbrei nessa aventura um cruel presságio do seu destino. Não hesitei em acreditar que a pérfida Fera fosse agir da mesma maneira com você. Temi que as bondades que ela lhe viesse a dispensar não fossem durar. Esse pensamento me preocupou. Para dissimulá-lo, fingi precisar de repouso; era apenas para me entregar sem freios à minha dor. Julgava sua morte certa. Minha aflição, porém, não durou muito. Ao ver os baús, que eu julgava perdidos, renasceram minhas esperanças em sua felicidade. Encontrei-os acomodados no meu pequeno gabinete, exatamente onde eu pretendia deixá-los. As chaves, que eu esquecera na mesa do salão, onde passáramos a noite, estavam nas fechaduras. Essa circunstância, dando-me novas provas da bondade da Fera, sempre delicada, me encheu de alegria. Foi então que, não duvidando mais do final feliz da sua aventura, Bela, censurei-me pelas injustas suspeitas que eu levantara contra a probidade do generoso monstro e lhe pedi cem vezes perdão pelas imprecações que intimamente minha dor me obrigava a lançar-lhe.

"Omitindo aos meus filhos a extensão de minha fortuna, limitei-me a entregar os presentes que você lhes destinou e lhes mostrar algumas joias de pouco valor. Mais tarde, fingi tê-las vendido e usado o dinheiro para nos proporcionar uma vida mais folgada. Comprei esta casa: tenho escravos que nos dispensam das tarefas às quais a necessidade nos submetia. Meus filhos gozam de uma vida confortável, era tudo que eu desejava. Antigamente a ostentação e o fausto atraíram invejosos, eu atrairia mais ainda se passasse por milionário. Diversos pretendentes se candidatam à mão de suas irmãs, vou casá-las sem demora, e a auspiciosa chegada de minha caçula é mais um motivo para isso. Após lhes dar a parte que você julgar conveniente dos bens que me proporcionou, livre da preocupação com a situação delas, viveremos, minha filha, com seus irmãos, a quem seus presentes não puderam consolar, ou se preferir viveremos os dois apenas."

Bela, comovida com a bondade do pai, e com os testemunhos que ele lhe dava da amizade dos irmãos, agradeceu-lhe carinhosamente por todas as ofertas e julgou não ter o direito de lhe esconder que não viera para ficar. O bom homem, arrasado por não ter a filha como amparo em sua velhice, não tentou todavia desviá-la de um dever que ele reconhecia como sendo indispensável.

Foi então a vez de Bela fazer-lhe o relato do que se passara desde a sua partida, narrando a vida prodigiosa que levava. O bom homem, cativado pelos adoráveis incidentes das aventuras da filha, cumulou Bela de bênçãos. Sua alegria foi muito maior quando, abrindo os baús, ela lhe mostrou as riquezas imensas que continham, pois essas últimas demonstrações de generosidade da Fera lhe davam liberdade de dispor das riquezas que trouxera consigo em benefício das filhas e manter o bastante para viver confortavelmente com os filhos. Vendo nesse monstro uma alma demasiado elevada para estar alojada em corpo tão desgracioso, ele julgou dever aconselhar a filha a desposá-lo, apesar de sua fealdade. Apresentou inclusive argumentos fortes nesse sentido.

– Você não deve tomar seus olhos como únicos conselheiros. Deixe-se guiar pela gratidão, como tanto lhe recomendam. Obedecendo aos impulsos que ela lhe inspira, asseguram-lhe que será feliz. É verdade que você recebe esses avisos em sonho. Mas esses sonhos se encadeiam e são frequentes demais para atribuí-los tão somente ao acaso. Eles lhe prometem grandes benefícios, o suficiente para que vença sua repugnância. Assim, quando a Fera lhe perguntar se você aceita dividir o leito com ela, aconselho-a a não recusar. Você admitiu ser ternamente amada. Tome as providências apropriadas para que sua união seja eterna. É mais vantajoso ter um marido de bom caráter que um cujo único mérito é a estampa bonita. Quantas moças não são obrigadas a desposar Feras ricas, porém mais feras que a Fera, que só o é pelo aspecto, e não pelos sentimentos e ações?

Bela concordou com todas essas razões. Mas tomar a decisão de contrair matrimônio com um monstro medonho, cujo intelecto era tão rude quanto o corpo, não estava em seus planos.

– Como aceitar um marido com quem não poderei entreter-me e cuja fealdade sequer é compensada por uma conversação agradável? – respondeu ao pai. – Não ter nada para me distrair e nem como fugir desse aborrecido convívio? Não poder desfrutar de um pouco de solidão? Resignar-me a ouvir cinco ou seis perguntas que dirão respeito ao meu apetite e à minha saúde? Ver essa conversa bizarra terminar com um "Boa noite, Bela", refrão que meus papagaios sabem de cor e que repetem cem vezes por dia? Não está a meu alcance assumir tal compromisso, prefiro morrer subitamente a morrer um pouco a cada dia, de medo, sofrimento, desgosto e tédio. Nada fala a favor dessa Fera, a não ser a delicadeza que ela tem me fazendo apenas uma curta visita a cada vinte e quatro horas. Isso é o bastante para inspirar o amor?

O pai concordava com as razões da filha. Contudo, diante da civilidade da Fera, não a julgava tão estúpida. A ordem, a abundância, o bom gosto que reinavam em seu palácio não eram, segundo ele, obra de um imbecil. Por fim, julgava-a digna das atenções da filha. Afinal, se o seu namorado noturno não tivesse vindo atrapalhar, Bela teria sentido maior inclinação por aquele monstro. A comparação que ela traçava entre esses dois pretendentes não tinha como beneficiar a Fera. O próprio velho não ignorava a grande diferença que devia fazer entre um e outro. Mesmo assim, ainda tentou por todos os meios vencer a repugnância da filha. Lembrou-a dos conselhos da Dama, que a advertia para que não se deixasse levar pelas aparências e cujas palavras pareceram lhe sugerir que aquele rapaz não podia fazê-la senão infeliz.

É mais fácil raciocinar sobre o amor do que vencê-lo. Bela não teve forças para se curvar às reiteradas recomendações de seu pai, que se despediu dela sem conseguir persuadi-la. A noite alta chamava-o ao repouso, e a moça, embora feliz em revê-lo, não se aborreceu quando ele se recolheu. Vendo-se a sós, exultou. Suas pálpebras pesadas faziam-na pensar que, ao dormir, reencontraria prontamente seu bem-amado. Estava impaciente para desfrutar desse doce prazer. Uma ligeira palpitação indicava a alegria com que seu coração apaixonado ansiava por momento tão especial. Entretanto, sua candente imaginação, percorrendo os cenários de suas encantadoras conversas com o seu amado Desconhecido, não foi suficientemente poderosa para fazê-lo aparecer, como ela tanto desejara.

Acordou diversas vezes e, quando conseguia entregar-se ao sono, Cupido não esvoaçava ao redor de seu leito. Ou seja, em vez das horas recheadas de ternura e prazeres inocentes que ela esperava passar nos braços de Morfeu, foi uma noite comprida e carregada de angústia. No palácio da Fera não tivera noite igual, e o dia – que ela viu finalmente raiar com uma espécie de satisfação e impaciência – chegou muito a propósito para livrá-la de seus cruéis dissabores.

Seu pai, novamente rico graças aos presentes da Fera, fez uma viagem com vistas a arranjar pretendentes para as filhas e foi passar um tempo numa cidade grande. Lá, sua recente fortuna logo lhe angariou novos amigos, quer dizer, novos conhecidos. O boato de que sua filha mais moça estava de volta logo se espalhou entre as pessoas do seu círculo. Todos acorreram para vê-la e todos se embeveceram com sua inteligência e sua índole.

Os dias tranquilos que ela passara em seu palácio deserto, os inocentes prazeres que um sono sereno não cansava de lhe propiciar, os mil entretenimentos oferecidos para que o tédio não entrasse em seu coração, enfim, todas as delicadezas do monstro haviam contribuído para torná-la ainda mais bela e atraente do que já era.

Tornou-se imediatamente o centro das atenções. Os pretendentes de suas irmãs, sem procurar sequer disfarçar sua infidelidade com qualquer pretexto, apaixonaram-se por ela e, atraídos pela força de seus encantos, não tiveram qualquer vergonha de largar as respectivas namoradas. Indiferente ao assédio daquela multidão de adoradores, Bela fez de tudo para os repelir e os reconduzir a seus primeiros amores. Mesmo assim, apesar de tais medidas, não se livrou da inveja e do ciúme das irmãs.

A fim de lhe fazerem a corte, esses volúveis pretendentes, longe de dissimularem seus novos ardores, inventavam todo dia uma festa nova. Suplicaram-lhe inclusive que entregasse os prêmios aos vencedores dos jogos que eles pretendiam promover em sua homenagem. Bela, que não ignorava o sofrimento que causava às irmãs, mas não queria negar inteiramente o favor que lhe pediam com tanta insistência e de maneira tão galante, deu um jeito de contentar a todos, declarando que suas irmãs e ela entregariam alternadamente os prêmios aos vencedores. O que ela prometia era apenas uma flor ou algo similar. Concedia às irmãs a glória de dar joias, coroas de diamantes, armas ricamente trabalhadas ou braceletes soberbos, prendas que sua mão generosa lhes fornecia e cuja honra ela dispensava. Os tesouros com que o monstro lhe presenteara não tinham fim e ela distribuíra entre as irmãs tudo que trouxera de mais raro e elegante. Ao dar apenas uma ninharia e delegar às irmãs a satisfação de parecerem generosas, pretendia incitar os moços tanto ao amor como à gratidão. Mas, como o que eles queriam era o seu coração, o que saía de suas mãos era mais precioso que todos os tesouros que as outras lhes ofertavam.

As diversões com que sua família a entretinha, embora muito inferiores às oferecidas na morada da Fera, eram o suficiente para que ela não se entediasse. Entretanto, nem a felicidade de ver o pai, a quem amava profundamente, nem a satisfação de estar com os irmãos, que de mil maneiras diferentes nunca deixavam de lhe demonstrar a extensão de sua amizade, nem a alegria de conviver com as irmãs, a quem amava mesmo não sendo retribuída, compensaram a saudade que sentia de seus deliciosos sonhos. Na casa de seu pai, pobrezinha, o Desconhecido não irrompia mais em seus sonhos para as maviosas declarações. A corte que lhe faziam os namorados de suas irmãs não se igualava àquele prazer da fantasia. Ainda que porventura tivesse um caráter que se envaidecesse com tais conquistas, sabia notar a grande diferença existente entre aquelas galanterias e as da Fera e de seu amado Desconhecido.

Aquela insistência foi retribuída com a mais completa indiferença. Contudo, a despeito de sua frieza, vendo-os determinados a lhe dar provas do amor mais apaixonado, Bela julgou por bem lhes comunicar que perdiam seu tempo. O primeiro a quem tentou dissuadir foi o namorado de sua irmã primogênita, a quem revelou que só estava ali para o casamento das irmãs, em especial o da mais velha, e que pediria a seu pai que corresse com os preparativos. Bela percebeu então que seu interlocutor não estava nem um pouco interessado nos encantos da irmã, e sim completamente caído por ela. Frieza, desdém, ameaça de partir antes de expirados os dois meses, nada foi capaz de desanimá-lo. Decepcionada com o fracasso, ela repetiu o discurso aos demais, a quem teve o infortúnio de encontrar nas mesmas disposições. Para cúmulo de sua tristeza, suas injustas irmãs, que a viam como uma rival, não reprimiam a aversão que sentiam por ela, e, quando ainda deplorava o efeito exacerbado de seus encantos, Bela teve a contrariedade de saber que aqueles novos pretendentes, julgando prejudicarem-se mutuamente e culpando um ao outro por não ser o escolhido, cogitaram, da maneira mais estapafúrdia, resolver a questão num duelo. Todos esses dissabores lhe despertaram o desejo de partir mais cedo do que planejara.

Seu pai e seus irmãos fizeram de tudo para retê-la – porém, escrava de sua palavra e firme em sua resolução, lágrimas e súplicas de um e outros não foram capazes de demovê-la. Tudo que obtiveram foi que adiasse sua partida o máximo possível. Esgotado o prazo de dois meses, todas as manhãs ela acordava decidida a dizer adeus à família e, à noite, não encontrava forças para se despedir. Dividida entre a ternura e a gratidão, não conseguia pender por uma sem ser injusta com a outra. Às voltas com tais hesitações, somente um sonho para fazê-la decidir. Imaginou que estava dormindo no palácio da Fera e que, ao chegar ao fim de uma aleia afastada, deparava com uma vegetação cerrada. Esta escondia a abertura de uma caverna, da qual saíam gemidos horríveis. Reconhecendo a voz da

Fera, correu para ajudá-la. Em seu sonho, o monstro aparecia estendido no chão e, moribundo, culpava-a por tê-lo deixado naquele triste estado, acusando-a de retribuir seu amor com a mais cruel ingratidão. Em seguida, apareceu a Dama, que ela já vira em sonho e que, com um ar severo, advertiu-a de que ela estaria perdida se continuasse hesitando cumprir com sua palavra; que ela prometera à Fera voltar num prazo de dois meses, o qual havia expirado; que, se demorasse um dia a mais que fosse, a Fera morreria; que o desassossego que ela instalava na casa do pai e o ódio das irmãs deveriam incitá-la a partir para o palácio da Fera, onde tudo conspirava para o seu prazer.

Assustada com aquele sonho e temendo ser a causa da morte da Fera, Bela despertou bruscamente e foi na mesma hora informar à família que não adiaria mais sua partida. Essa notícia causou diferentes reações. O pai entregou-se às lágrimas; os irmãos declararam que não a deixariam ir; e os pretendentes, desesperados, juraram não arredar pé de sua casa. Só as irmãs não pareceram sofrer, e se puseram a enaltecer seu senso de honra. Afetando, inclusive, possuírem a mesma virtude, ousaram afirmar que se, como Bela, tivessem assumido aquele compromisso, o aspecto da Fera não as teria feito hesitar quanto a tão justo dever e já teriam retornado àquele palácio maravilhoso. Era assim que pretendiam disfarçar a cruel inveja que carregavam no coração. Bela, entretanto, lisonjeada com os visíveis sentimentos de generosidade de seus irmãos e pretendentes, tratou de convencê-los da necessidade de os deixar. Mas os irmãos a amavam demais para consentir em sua partida, enquanto os outros, apaixonados, não ouviam a voz da razão. Ignorando a forma como Bela chegara à casa do pai e sem desconfiarem que o cavalo que a transportara ao palácio da Fera da primeira vez viesse buscá-la, resolveram se juntar para detê-la.

As irmãs, que fingiam boa-fé só para esconderem a alegria que sentiam por dentro, vendo chegar o momento da partida de Bela, temeram mais que a morte que alguma coisa viesse novamente a adiá-la. Ao anoitecer, contudo, inabalável em sua decisão, ciente de que o dever a chamava e não tendo mais tempo a perder se quisesse prolongar os dias de sua benfeitora Fera, Bela se despediu de sua família e de todos os que se interessavam pelo seu destino. Asseverou-lhes que, independentemente do que tentassem com o fito de impedir sua partida, estaria na casa da Fera na manhã seguinte antes que eles estivessem de pé, que todas as medidas seriam inúteis e que era seu desejo regressar ao palácio encantado.

Não se esqueceu, ao deitar, de girar o anel. Seu sono foi longo e ela só acordou quando, badalando doze vezes, o carrilhão reverberou seu nome musicalmente. Ao ouvir aquele som, soube que seus anseios haviam se realizado. Bastou abrir os olhos para ver-se cercada por todos os animais que haviam sido tão meigos com ela. Todos expressaram alegria pelo seu retorno e lhe contaram a dor que lhes causara sua longa ausência.

Aquele dia pareceu mais comprido que todos os que passara antes naquele lugar. Não por sentir falta das pessoas que deixara, mas por estar impaciente para rever a Fera e justificar o seu comportamento. Também alimentava a esperança de que, durante o sono, voltassem os doces encontros com o Desconhecido, prazer do qual ficara privada durante os dois meses que acabava de passar com a família e que só era possível desfrutar nas dependências daquele palácio.

A Fera e o Desconhecido, em suma, revezavam-se em seus devaneios. Em determinado momento, Bela se censurava por não retribuir a afeição de alguém que, sob um aspecto monstruoso, revelava possuir uma alma delicada. Em outro, lastimava-se por entregar o coração a uma imagem ilusória que só tinha existência em seus sonhos. Oscilava entre uma quimera e o amor real de uma Fera. O sonho no qual o formoso Desconhecido aparecia aconselhava-a a não confiar em seus olhos. Ela temia que aquilo não passasse de uma ilusão, que o vapor do sono concebe e o despertar destrói.

Assim, ainda indecisa, amando o Desconhecido mas não querendo de forma alguma desagradar a Fera, resolveu distrair-se e foi à Comédie Française, que achou uma completa sem-gracice. Fechando bruscamente a janela, esperou compensar na Ópera: julgou a música detestável. O Teatro dos Italianos tampouco a distraiu. Achou a peça sem-sal, sem alma, sem direção. A inquietação e a ansiedade que não a largavam impediam-na de distrair-se aonde quer que fosse. Os jardins não a alegraram. Sua corte bem que tentou entretê-la, mas os macacos tinham perdido o dom de dar cambalhotas, assim como os papagaios o de palrar com estilo e os outros pássaros o de cantar. Estava impaciente para receber a visita da Fera, cujo rumor julgava ouvir a todo instante. Mas a hora tão desejada chegou e a Fera não apareceu. Alarmada, e parecendo irritada com aquele atraso, Bela ignorava a causa da ausência. Oscilando entre o medo e a esperança, e determinada a só voltar ao palácio após encontrá-la, desceu aos jardins. Não viu seu rastro em parte alguma. Chamou-a, e apenas o eco respondeu aos seus gritos. Depois de mais de três horas nessa procura, vencida pelo cansaço, sentou-se num banco. Imaginou que a Fera tivesse morrido ou deixado o local para sempre. Viu-se sozinha naquele palácio, sem qualquer esperança de um dia sair dali. Sentia falta de sua companhia, por mais desagradável que fosse seu aspecto,

Trouxeram archotes para iluminar o local,
deixando ver a Fera estendida no chão.

e o que lhe parecia extraordinário era descobrir a profunda afeição que tinha pelo monstro. Arrependia-se de não ter se casado com ele. Julgando-se sua assassina (pois desconfiava que morrera em decorrência de sua ausência demasiado longa), fez-se as mais duras e graves censuras.

Em meio a essas tristes reflexões, percebeu que estava na mesma aleia em que, na última noite que passara na casa de seu pai, imaginara o monstro morrendo numa caverna desconhecida. Persuadida de que não fora conduzida àquele lugar por mero acaso, dirigiu seus passos para a cortina de vegetação, que não julgou impenetrável. Chegou então a uma gruta, que lhe pareceu ser a mesma que julgara ver em sonho. Como o luar fornecia uma luz muito tênue, pajens-macacos prontamente trouxeram archotes para iluminar o local, deixando ver a Fera estendida no chão, e Bela pensou que estivesse dormindo. Em vez de se assustar diante daquela visão, Bela ganhou ânimo e, aproximando-se sem receio, passou-lhe a mão na cabeça, chamando-a diversas vezes. Porém, sentindo-a fria e inerte, não duvidou mais de sua morte, o que a fez dar gritos lancinantes e dizer palavras de rasgar o coração.

Nem a certeza de sua morte, contudo, refreou seus esforços para trazê-la de volta à vida. Pousando a mão em seu coração, constatou com uma alegria inexprimível que

Nem a certeza de sua morte, contudo, refreou
os esforços de Bela para trazê-la de volta à vida.

ainda batia. Saiu precipitadamente da gruta e correu até um pequeno lago, onde colheu água com ambas as mãos para reanimá-la. Mas como só conseguia pegar um pouco de água de cada vez e sempre a derramava antes de voltar para junto da Fera, seu socorro não teria tido serventia alguma sem o auxílio dos pajens-macacos, que correram até o palácio e retornaram com tamanha presteza que, num piscar de olhos, ela tinha nas mãos um pote para recolher a água, bem como tônicos revigorantes. Fez com que a Fera os inalasse e ingerisse, o que, produzindo um efeito admirável, devolveu-lhe algum movimento e, logo em seguida, a consciência. Animando-a com a voz, fez-lhe tantos afagos que ela aos poucos se recuperou:

– Quanta preocupação – Bela lhe disse polidamente –, eu não imaginava gostar tanto de você: o medo de perdê-lo me revelou que algo mais forte que os laços da gratidão me prendia à sua pessoa. Juro que só pensava em morrer, se não conseguisse lhe salvar a vida.

Ao ouvir essas palavras carinhosas, a Fera, sentindo-se plenamente restabelecida, respondeu-lhe com a voz ainda fraca:

– Quanta generosidade sua, Bela, em ter apreço por um monstro, mas faz bem: amo-a mais que a minha vida. Achei que a senhorita não voltaria. Eu teria morrido. Uma vez que gosta de mim, quero viver. Vá descansar e esteja certa de que será feliz como seu generoso coração merece.

Bela nunca ouvira a Fera pronunciar discurso tão longo. Não era eloquente, mas agradou-lhe pelo tom de doçura e sinceridade que ela julgou detectar em suas palavras. Esperava ser repreendida ou, pelo menos, receber alguma censura. Isso fez com que tivesse melhor opinião a seu respeito: não mais achando a Fera tão estúpida, viu inclusive uma demonstração de prudência em suas respostas curtas; cada vez mais inclinada a seu favor, retirou-se para os seus aposentos às voltas com os mais ditosos pensamentos.

Extremamente cansada, Bela encontrou o conforto de que precisava. Seus olhos pesados prometiam-lhe um sono reparador. Adormecendo assim que se deitou, logo teve diante de si o seu amado Desconhecido. Para exprimir o prazer que sentia em revê-la, quantas coisas carinhosas este lhe disse! Assegurou-lhe que ela seria feliz, bastando seguir os impulsos de seu generoso coração. Bela perguntou se aquilo significava casar-se com a Fera. Como o Desconhecido respondeu ser o único meio, Bela ficou um pouco decepcionada, achando, aliás, estranhíssimo seu pretendente recomendar-lhe privilegiar o rival. Após esse primeiro sonho, visualizou a Fera morta aos seus pés. No instante seguinte, o Desconhecido aparecia e desaparecia num piscar de olhos para dar lugar à Fera. Mas o que ela via mais claramente era a Dama, que parecia lhe dizer: "Estou satisfeita com você. Obedeça sempre ao seu coração e não se preocupe com nada, eu me encarrego da tarefa de fazê-la feliz." Bela, embora adormecida, parecia descobrir sua atração pelo Desconhecido e sua repugnância pelo monstro, a quem julgava impossível amar. A Dama sorria de seu escrúpulo e lhe dizia que não se atormentasse com sua predileção pelo Desconhecido, que os impulsos que ela sentia não eram incompatíveis com sua intenção de cumprir seu dever, que ela podia seguir suas inclinações e que, unindo-se à Fera, seria plenamente feliz.

Esse sonho, que terminou quando ela despertou, forneceu-lhe uma fonte inesgotável de reflexões. Naquela visão, e nas que a precederam, havia mais coerência do que nos sonhos comuns; isso a fez tolerar a ideia daquele estranho matrimônio. Nem assim, contudo, a imagem do Desconhecido deixou de vir perturbá-la. Era o único obstáculo, mas não era pequeno. Ainda indecisa quanto ao rumo a tomar, foi à Ópera, o que não diminuiu sua ansiedade. Terminado o espetáculo, pôs-se à mesa para comer; a chegada da Fera foi a única coisa capaz de determiná-la a isso.

Em vez de repreendê-la por sua longa ausência, o monstro – como se o prazer de vê-la apagasse a recente agonia – parecia não ter outra urgência, ao entrar nos aposentos de Bela, exceto saber se ela se divertira, se fora bem recepcionada e se estava bem de saúde. Ela respondeu às perguntas e, graciosamente, acrescentou ter pagado caro por todos os prazeres que desfrutara sob seus auspícios, sofrendo cruelmente ao encontrá-lo em situação tão crítica.

A Fera agradeceu laconicamente e, em seguida, querendo se despedir, perguntou-lhe como sempre se ela aceitava dividir o leito consigo. Bela ainda titubeou, mas, decidindo-se finalmente, disse-lhe, tremendo:

– Sim, Fera, quero muito, contanto que me dê sua palavra e receba a minha.

– Tem minha palavra – respondeu a Fera – e prometo jamais ter outra esposa...

– E eu – replicou Bela – recebo-o como esposo e lhe juro um amor carinhoso e fiel.

Mal ela pronunciou estas palavras, uma salva de artilharia reboou, e para que ela não duvidasse tratar-se de um sinal de júbilo, viu de suas janelas o céu todo em fogo, iluminado por mais de vinte mil rojões. Estes espocaram durante três horas formando corações entrelaçados, enquanto desenhos elegantes representavam as iniciais de Bela e, em letras flamejantes, lia-se VIVAM BELA E SEU ESPOSO. Terminado o magnífico espetáculo, a Fera declarou à sua nova esposa que era hora de se dirigirem ao leito.

Por menos impaciente que estivesse de se achar junto àquele esposo singular, Bela deitou-se. As luzes apagaram-se instantaneamente. Percebendo a aproximação da Fera, Bela temeu que o peso de seu corpo derrubasse a cama. Qual não foi sua surpresa ao sentir que o monstro deitava-se ao seu lado com a mesma leveza com que ela acabava de fazê-lo! Mais espantada ficou ao ouvi-lo roncar quase imediatamente, tranquilizando-a com uma prova certeira de que dormia um sono profundo.

Apesar de seu espanto, acostumada às coisas extraordinárias, após refletir um pouco Bela dormiu tão pacificamente como seu esposo, não duvidando um segundo de que aquele sono fosse bruxedo, bem como tudo que acontecia naquele palácio. Assim que ela adormeceu, seu amado Desconhecido apareceu para lhe fazer a visita de sempre. Estava mais alegre e cativante do que nunca.

– Obrigado, encantadora Bela – declarou. – Você me libertou da pavorosa prisão que há tanto tempo me martirizava. Seu casamento com a Fera vai devolver um rei aos seus súditos, um filho à sua mãe e a vida ao seu reino! Todos seremos felizes.

Ao ouvir aquelas palavras, Bela sentiu uma violenta decepção, percebendo que o Desconhecido, longe de dar mostras do desespero em que o compromisso que ela acabava de assumir devia mergulhá-lo, manifestava uma alegria incompreensível nos olhos. Ia expor-lhe seu descontentamento, quando a Dama apareceu no sonho.

– Você venceu – ela disse. – Nós lhe devemos tudo, Bela, você acaba de preferir a gratidão a todo outro sentimento; ninguém exceto você teria a firmeza de manter a palavra em detrimento de sua paixão, ou de arriscar a vida para salvar a de seu pai. Como recompensa por isso, ninguém jamais esperou gozar de uma felicidade igual à que sua virtude a fez alcançar. Até agora você só conheceu uma ínfima parte dela. Quando o sol retornar, saberá mais.

Após a Dama desaparecer, Bela viu novamente o jovem, mas estendido no chão e como que desfalecido. Passou a noite às voltas com esses sonhos. Tais inquietações já lhe eram familiares e não a impediram de dormir a sono solto. Já era dia claro quando acordou. O sol brilhava em seu quarto muito mais do que o normal, seus macacos não tinham fechado as janelas, o que lhe permitiu voltar os olhos para a Fera. Julgando a princípio que o espetáculo que tinha diante de si era uma continuação trivial de seus sonhos, e pensando ainda sonhar, teve uma alegria e surpresa inauditas quando ficou evidente que o que via era real.

À noite, ao se deitar, instalara-se na beirada da cama, a fim de dar espaço para o seu horrendo marido. No início ele roncara, mas ela parara de ouvi-lo antes de cair no sono. O silêncio que ele conservava, quando ela despertou, fizera-a duvidar que houvesse alguém ao seu lado e, supondo que ele se levantara discretamente, voltou-se com a maior precaução possível para saber a verdade e teve uma boa surpresa ao encontrar, em vez da Fera, seu adorado Desconhecido, que, dormindo profundamente, parecia-lhe muito mais atraente do que era em sua visão! Para ter certeza de que era de fato o mesmo, levantou-se e foi pegar na penteadeira o camafeu de seu bracelete. Mas não podia haver engano. Na esperança de despertá-lo daquela prostração misteriosa, dirigiu-lhe a palavra. Sem conseguir fazê-lo acordar com sua voz, puxou-o pelo braço. Essa segunda tentativa foi igualmente inútil, mas pelo menos lhe mostrou que ali havia feitiço e que só lhe restava aguardar seus efeitos se extinguirem.

Estando sozinha, não receava escandalizar ninguém com as liberdades que tomava com ele. Além disso, era seu esposo. Eis por que, dando vazão a seus ternos sentimentos, beijou-o mil vezes antes de resolver esperar pacientemente o fim daquela espécie de letargia. Que alegria estar casada com o único que a fizera hesitar e por ter feito por dever o que preferiria ter feito por gosto! Não duvidava mais da felicidade que lhe haviam prometido em seus sonhos. Soube então que a Dama dizia a verdade ao insistir que não era incompatível amar a Fera e o Desconhecido ao mesmo tempo, uma vez que ambos eram a mesma pessoa.

Seu esposo não despertava. Após uma leve refeição, ela tentou distrair-se com suas ocupações rotineiras, mas estas lhe pareceram insípidas. Hesitando em sair do quarto, para não ficar ociosa, pegou uma partitura e pôs-se a cantar. Os pássaros, escutando-a, acrescentaram suas vozes, e juntos fizeram um concerto encantador, que a todo momento Bela esperava que fosse interrompido pelo despertar de seu esposo, já que sua intenção era quebrar o feitiço com a harmonia de sua voz.

E conseguiu, só que não da maneira como esperava. Ouviu o barulho estranho de um coche passando sob as janelas de seus aposentos e a voz de pessoas se aproximando do quarto. Quase no mesmo instante, o macaco que chefiava os guardas, por intermédio do bico de seu papagaio, anunciou-lhe a visita de algumas damas. Olhando pela janela, Bela percebeu o coche que as trouxera. Era um modelo nunca visto e de uma beleza sem igual. Quatro cervos brancos, com as galhadas e os cascos de ouro, soberbamente arreados, puxavam essa equipagem, cuja singularidade aumentou o desejo que ela tinha de conhecer suas proprietárias.

O rumor, aumentando, indicou-lhe que as damas se aproximavam e deviam estar perto da antecâmara. Julgou-se no dever de ir até a porta. Reconheceu numa delas a Dama que costumava ver em sonho. A outra não era menos bela; seu semblante altivo e distinto já sugeria tratar-se de uma pessoa ilustre. Essa desconhecida já não estava na flor da idade, mas tinha o ar tão majestoso que Bela não sabia a quem dirigir primeiro sua saudação.

Estava nesse embaraço quando aquela que ela já conhecia, e que parecia ter certa ascendência sobre a outra, interpelou sua companheira:

– E então, Rainha, o que pensa dessa bela menina? É a ela que deve o retorno de seu filho à vida, pois Sua Majestade há de convir que a vida execrável que ele levava antes não merece ser chamada de vida. Sem ela, a senhora nunca teria visto novamente esse príncipe. Ele teria permanecido para sempre sob a forma horrível em que o haviam transformado se não houvesse encontrado no mundo uma pessoa única, cujas virtude, coragem e beleza se igualam. Suponho que verá com prazer a união entre esta moça e esse filho que ela agora lhe devolve. Eles se amam e, para a felicidade dos dois, só lhes falta seu consentimento. Irá negá-lo?

A essas palavras, a Rainha, abraçando amorosamente Bela, exclamou:

– Longe de negar meu consentimento, empenho nisso minha soberana felicidade... Encantadora e virtuosa moça, a quem devo tanto, diga-me quem é e o nome dos venturosos soberanos que trouxeram ao mundo princesa tão perfeita...

– Senhora – respondeu Bela modestamente –, perdi minha mãe há muito tempo. Meu pai é um comerciante, mais conhecido na sociedade pela sua boa-fé e seus infortúnios do que por sua origem...

Diante dessa singela declaração, a Rainha, espantada, recuou dois passos e disse:

– O quê! Não passa da filha de um comerciante...! Ah, grande Fada! – acrescentou, voltando-se para esta com um semblante soturno.

Após essas poucas palavras, calou-se, mas sua fisionomia expressava claramente o que ela pensava, os olhos exprimindo seu descontentamento.

– Parece-me – replicou altivamente a Fada – que não ficou satisfeita com a minha escolha. Embora a condição dessa moça suscite seu desprezo, ela foi a única no mundo capaz de executar o meu plano e fazer o seu filho feliz...

– Sou-lhe muito grata – respondeu a Rainha –, mas, poderosa Inteligência – acrescentou –, não posso me impedir de lhe apontar o disparate da aliança do mais nobre sangue do mundo, de que meu filho procede, com um sangue obscuro, de onde vem a pessoa a quem deseja uni-lo. Confesso que não me entusiasma muito a felicidade do Príncipe, se ela deve ser obtida por meio de aliança tão humilhante para nós e tão indigna dele. Será mesmo impossível encontrar no mundo alguém cuja virtude esteja à altura de sua origem? Sei o nome de inúmeras princesas adoráveis, por que não me seria permitido vê-lo unido a uma delas?

Estavam nesse ponto quando o formoso Desconhecido apareceu. A chegada de sua mãe e da Fada o despertara e aquela altercação foi mais poderosa do que todos os esforços de Bela, a ordem do feitiço querendo assim. A Rainha estreitou-o nos braços por um longo momento, sem dizer uma palavra. Reencontrava um filho cujas belas qualidades faziam jus a toda a sua afeição. Que alegria para o Príncipe ver-se livre de uma aparência horrenda e de uma estupidez ainda mais dolorosa, porque era fingida e não embotara sua razão! Recuperava a liberdade de aparecer sob sua forma normal por intermédio do objeto de seu amor, o que o tornava ainda mais precioso para si.

Após as primeiras efusões ditadas pela força do sangue, o Príncipe se apressou em cumprir seu dever e manifestar sua gratidão à Fada. Fez isso nos termos mais respeitosos e sucintos, a fim de ficar livre para dedicar todas as suas atenções a Bela.

Já expressara seu amor com o olhar e, para confirmá-lo, ia acrescentar-lhe as palavras mais tocantes, quando a Fada o interrompeu, nomeando-o juiz entre sua mãe e ela.

– Sua mãe condena o compromisso que você assumiu com Bela. Julga que a origem da moça é indigna da sua. De minha parte, creio que as virtudes suprimem tal desigualdade. Cabe-lhe, Príncipe, decidir qual de nós duas pensa em conformidade com sua própria inclinação. A fim de que fique completamente à vontade para nos revelar seus verdadeiros sentimentos, declaro que tem permissão para não se constranger: está autorizado a reconsiderar mesmo após dar sua palavra a essa adorável pessoa. Afianço-lhe que Bela concordará sem nenhuma dificuldade. Assim como sua bondade o fez recuperar sua forma natural, sua generosidade a fará levar seu desprendimento a ponto de dar-lhe a liberdade de dispor de sua mão em favor da pessoa que a Rainha escolher...

E prosseguiu:

– O que diz sobre isso, Bela? Expus corretamente os seus sentimentos? Gostaria de um esposo que a aceitasse a contragosto?

– Por certo que não – respondeu Bela –, o Príncipe é livre; abro mão da honra de ser sua esposa. Quando aceitei ser sua, julguei demonstrar misericórdia por alguma coisa subumana. Uni-me a ele com a finalidade de lhe prestar um favor especial. A ambição não foi a mola de minhas intenções. Assim, grande Fada, suplico-lhe nada exigir da Rainha, cuja suscetibilidade não posso criticar em tal circunstância.

– Muito bem, Rainha, o que diz a isso? – interpelou a Fada, num tom desdenhoso e irônico. – Acha que princesas que só o são por um capricho do destino merecem mais o trono em que a sorte as instalou do que essa jovem? De minha parte, não creio que ela deva ser responsabilizada por uma origem que sua virtude compensa com sobras...

A Rainha, um tanto confusa, respondeu:

– Bela é incomparável; seu mérito é infinito; nada está acima disso. Mas não teríamos outros meios de recompensá-la? Não será possível fazer isso sem lhe sacrificar a mão do meu filho?

E, voltando-se para Bela, a Rainha continuou:

– Sim, Bela, devo-lhe tanto que é impossível retribuir; não imponho limites à sua vontade. Deseje com ousadia, cederei a tudo, exceto neste último ponto. Mas não sentirá muito a diferença. Escolha um esposo em minha corte. Por mais grão-senhor que seja, ele terá motivos para estimar-se feliz e, em consideração a você, reservarei para ele um posto tão próximo ao trono que pouca diferença fará.

– Sou-lhe grata, senhora – respondeu Bela –, mas não peço nenhuma recompensa. Meu pagamento foi a alegria que senti ao quebrar o feitiço que roubava um grande príncipe de sua mãe e de seu reino. Minha felicidade seria perfeita se tivesse sido ao meu Soberano que eu houvesse prestado esse favor. Tudo o que desejo é que a Fada me devolva para junto de meu pai.

O Príncipe, que por ordens da Fada calara-se durante todas essas réplicas, não pôde mais se conter. Atirando-se aos pés da Fada e de sua mãe, suplicou-lhes ardorosamente que não o tornassem mais infeliz do que já fora, descartando Bela e privando-o da felicidade de ser seu esposo.

A tais palavras, Bela, dirigindo-lhe um olhar cheio de ternura mas acompanhado de um nobre orgulho, replicou:

– Não posso, Príncipe, esconder os sentimentos que nutro por si, a quebra do feitiço é uma prova disso, e seria vão tentar disfarçá-los. Confesso, sem corar, que o amo mais que a mim mesma. Por que fingiria? Só devemos renegar os impulsos criminosos. Os meus são inocentes e autorizados pelo consentimento da generosa Fada, a quem você e eu tanto devemos. Mas se fui capaz de reprimi-los quando julguei que o meu dever me ordenava sacrificar-me à Fera, pode ter certeza de que não me desmentirei na atual circunstância, quando não se trata mais do interesse de um monstro, mas do seu. Basta-me saber quem você é e quem eu sou para desistir da glória de ser sua esposa. Ouso inclusive dizer que se, vencida por suas súplicas, a Rainha lhe desse o consentimento a que aspira, isso não alteraria em nada a situação, uma vez que na minha razão e no meu próprio amor você encontraria um obstáculo intransponível. Repito: a única graça que peço é retornar ao meu lar, onde conservarei uma lembrança eterna de suas bondades e seu amor.

– Generosa Fada – exclamou o Príncipe, juntando as mãos num gesto súplice –, por misericórdia, impeça a partida de Bela, restitua meu aspecto monstruoso! Assim continuarei a ser seu esposo, pois ela deu sua palavra à Fera, e prefiro essa regalia a todas as que ela me proporcionou, se me custarem assim tão caro.

A Fada não respondeu. Tinha os olhos pregados na Rainha, que estava comovida com tantas virtudes, mas cujo orgulho permanecia inabalável. Embora a dor do filho a fizesse sofrer, não se esquecia de que Bela era filha de um simples comerciante. Em contrapartida, temia a ira da Fada, cujos semblante e silêncio explodiam de indignação. Estava visivelmente embaraçada. Sem forças para emitir uma palavra, temia ver terminar de maneira funesta uma conversa que ofendia a Inteligência protetora. Por alguns momentos ninguém falou, até que a Fada acabou por romper o silêncio e, lançando um olhar afetuoso sobre os enamorados, disse-lhes:

– Julgo-os dignos um do outro. Ninguém poderia cogitar impunemente separar tanto mérito. Continuarão juntos, sou eu que lhes prometo. Tenho poderes suficientes para isso.

A Rainha tremeu frente a essas palavras. Ia abrir a boca para expressar algumas objeções, mas a Fada a deteve, dizendo-lhe:

– Quanto à senhora, Rainha, o pouco-caso que faz de uma virtude despojada dos vãos adornos que Sua Majestade é a única a prezar autoriza-me a severas admoestações. Mas atribuirei tal equívoco ao orgulho que o berço lhe inspira e não urdirei outra vingança a não ser a que extraio dessa pequena imposição que lhe faço, pela qual irá me agradecer daqui a pouco.

Bela então abraçou os joelhos da Fada e exclamou:

– Ah! Não me exponha à dor de me recriminar a vida inteira por ser indigna do status a que sua bondade deseja me elevar; considere que o Príncipe, que agora crê que sua felicidade está em obter minha mão, em breve pode pensar como a Rainha.

– Não, não, Bela, nada receie – replicou a Fada. – Os infortúnios que pressente não irão acontecer. Conheço um meio seguro de protegê-la e, se porventura o Príncipe fosse capaz de rejeitá-la após desposá-la, teria de alegar outro motivo que não a diferença social. Sua origem não é em nada inferior à dele. Nesse quesito, por sinal, você leva grande vantagem sobre ele, pois a verdade é que – disse solenemente à Rainha – Bela é sua sobrinha e, o que deve torná-la ainda mais respeitável aos seus olhos, também minha, porque filha da minha irmã (a qual, diferentemente da senhora, não era escrava de uma hierarquia sem brilho, pois carente de virtude). Apreciadora do verdadeiro mérito, minha irmã deu ao rei da Ilha Bem-Aventurada, seu irmão, a honra de desposá-lo. Eu protegi o fruto desse amor da fúria de uma terceira fada, que pretendia ser sua madrasta. Quando Bela nasceu, destinei-a como esposa para o Príncipe aqui presente, seu filho. Escondendo da senhora o resultado de minha boa iniciativa, eu quis oferecer-lhe uma oportunidade de me dar provas de sua confiança em mim. Julgava essa confiança maior do que é na realidade. A senhora poderia ter recorrido a mim para zelar pelo destino do Príncipe. Dei-lhe mostras do meu interesse e não havia motivos para temer que eu o expusesse a algo vexatório para a senhora ou para ele. Estou convencida, senhora – ela prosseguiu, com um sorriso que continuava a expressar certa amargura –, de que não levará o desdém mais longe e dará a graça de nos honrar com sua amizade.

A Rainha, pasma e confusa, não soube o que responder. O único meio de reparar seu erro foi fazer uma confissão sincera e demonstrar completo arrependimento.

– Sou culpada, generosa Fada – disse –, suas bondades deveriam ser para mim garantias sólidas de que não permitiria que meu filho firmasse uma aliança que o desonrasse. Por misericórdia, perdoe os preconceitos de uma origem ilustre, que me ditavam que o sangue real não pode se misturar sem causar degradação. Como punição, admito, eu mereceria que desse a Bela uma sogra à altura. Mas a senhora demonstra um apreço muito grande pelo meu filho para fazê-lo pagar por um erro meu. Quanto a você, querida Bela – continuou, abraçando-a afetuosamente –, não me queira mal pela minha reticência. Meu único motivo era o desejo de dar meu filho à minha sobrinha, que a Fada me assegurara estar viva, apesar das aparências em contrário. Ela me fizera uma descrição tão encantadora da jovem que, sem conhecê-la, eu já a amava com ardor suficiente para me expor à indignação da Inteligência, no intuito de lhe preservar o trono e o coração do meu filho.

Após essas palavras, fez-lhe afagos, que Bela recebeu respeitosamente. O Príncipe, por sua vez, exultando com essa esplêndida notícia, transbordava de alegria.

– Vejo que estamos todos contentes – disse a Fada. – Para terminar essa feliz aventura, só nos falta o consentimento do Rei, pai da princesa, a quem veremos pessoalmente em breve.

Bela pediu autorização para que o homem que a criara, a quem julgava dever a vida, participasse de sua felicidade.

– Aprecio tais atenções – disse a Fada , são dignas de uma bela alma e, uma vez que assim deseja, encarrego-me de mandar avisá-lo.

Em seguida, conduzindo a Rainha pela mão, sob o pretexto de lhe mostrar o palácio encantado, deixou os recém-casados à vontade para conversarem pela primeira vez sem constrangimento e sem o recurso da ilusão. Eles bem quiseram segui-las, mas ela os proibiu. A felicidade dos dois impregnava-os de uma alegria compartilhada, pois não duvidavam da ternura mútua.

A conversa, confusa e acanhada, as declarações, repetidas mil vezes, eram para eles uma prova mais confiável do que um discurso eloquente teria sido. Após esgotar o que nessas ocasiões o amor faz dizerem os realmente apaixonados, Bela perguntou a seu amado que infortúnio o levara a ser tão cruelmente transformado em Fera. Pediu-lhe igualmente que contasse todos os incidentes que haviam precedido sua atroz metamorfose. O Príncipe, cuja mudança de aspecto não lhe diminuíra em nada a amabilidade, expressou-se prontamente nos termos que se seguem.

A história da Fera

O rei meu pai morreu antes que eu viesse ao mundo. A Rainha não teria se consolado de sua perda se o apego que demonstrava pela criança que carregava no ventre não houvesse combatido sua dor. Meu nascimento foi para ela uma alegria imensa. A doce tarefa de criar o fruto do amor de um esposo tão adorado estava destinada a dissipar sua aflição.

Os cuidados com a minha educação e o medo de me perder ocuparam-na inteiramente. Nessa tarefa, foi auxiliada por uma fada sua conhecida, que se empenhou em me preservar de todo tipo de acidentes. A Rainha era-lhe infinitamente grata por isso, mas não ficou nada contente quando ela lhe pediu para me confiar inteiramente a ela. Aquela Inteligência não tinha boa reputação: carregava a pecha de inescrupulosa. Mais a temiam do que a amavam, e, ainda se estivesse inteiramente convencida da bondade de seu caráter, minha mãe mesmo assim não teria me perdido de vista.

Entretanto, aconselhada por pessoas prudentes, receando sofrer as funestas consequências do ressentimento dessa fada vingativa, não a dispensou de todo. Entregando-me a ela voluntariamente, não havia razão para supor que fosse me fazer algum mal. A experiência mostrara que ela só tinha prazer em prejudicar aqueles por quem se julgava ofendida. A Rainha concordava com isso e só relutava em ver-se privada do prazer de me olhar continuamente com seus olhos de mãe, os quais lhe revelavam encantos que eu só devia à sua boa vontade.

Ainda se mostrava hesitante quanto ao que fazer, quando um vizinho poderoso julgou que seria fácil tomar para si os domínios de uma criança governados por uma mulher e invadiu seu reino com uma imensa tropa. A Rainha formou um exército às pressas e, com uma coragem impensável, pôs-se à frente dele e partiu para defender nossas fronteiras. Foi então que, obrigada a se afastar de mim, não teve outra saída senão delegar a tarefa de minha educação à fada. Fui deixado com ela, mas antes minha mãe jurou que, assim que a guerra terminasse – o que ela esperava acontecer dentro de no máximo um ano –, me levaria de volta para a corte. Contudo, apesar de todos os triunfos que obteve, não lhe foi possível retornar imediatamente à nossa capital. Para consolidar a vitória, após expulsar o inimigo de nossos domínios, ela o perseguiu nos dele próprio.

Conquistou províncias inteiras, ganhou diversas batalhas e forçou o vencido a aceitar uma paz humilhante, que ele só obteve sob duríssimas condições. Após esse auspicioso sucesso, a Rainha partiu, triunfante, saboreando antecipadamente o prazer de me rever. No caminho, porém, informada de que, infringindo os tratados, o indigno inimigo mandara degolar nossas guarnições e retomara quase todas as praças que fora obrigado a ceder, ela se viu forçada a retroceder. A honra prevalecia sobre a urgência que a chamava para junto de mim, o que a determinou a só dar por encerrada a guerra após dissuadir o inimigo de trapacear novamente.

O tempo necessário para essa segunda expedição foi bastante considerável. Ela, que esperava que duas ou três campanhas fossem o suficiente, tinha pela frente um adversário habilidoso e desonesto em iguais medidas. Ele concebeu o plano de sublevar províncias e corromper batalhões inteiros, o que obrigou a Rainha a não se afastar de seu exército durante quinze anos. Nem sequer pensou em me chamar para junto de si, sempre cultivando a esperança de estar no último mês de sua ausência e prestes a voltar para o meu lado.

Nesse ínterim, cumprindo com sua palavra, a fada dispensara todos os cuidados à minha educação. Desde o dia em que me levara do meu reino, permanecera ao meu lado e, no que se referia à minha saúde e meu lazer, não cessara de me dar provas de atenção. Por uma questão de decência, expressei-lhe minha gratidão. Eu tinha por ela a mesma consideração e gentileza que teria pela minha mãe, e a gratidão me inspirava sentimentos favoráveis a seu respeito.

Isso pareceu satisfazê-la durante certo tempo. Um dia, porém, sem me comunicar o motivo, partiu para uma viagem, da qual só voltou anos depois, e quando voltou, admirada com o resultado de seus cuidados para comigo, concebeu por mim uma ternura diferente da de uma mãe. Ela, que havia me autorizado a chamá-la assim, de repente me proibiu que o fizesse. Obedeci sem me inteirar de suas razões para isso, nem desconfiar do que ela exigia de mim.

Sua insatisfação era visível, mas podia eu imaginar a razão de suas queixas incessantes a respeito de minha ingratidão? Suas censuras me deixavam perplexo, eu não julgava merecê-las. Eram sempre seguidas ou precedidas das carícias mais meigas, coisa que eu ainda era muito inexperiente para entender. Obrigada a se explicar, o fez um dia em que eu me mostrava contrariado e impaciente pela demora da Rainha. Repreendido por isso, quando lhe assegurei que minha afeição pela minha mãe não alterava de forma alguma a que eu lhe dispensava, ela respondeu que não estava com ciúme, mas que havia feito muito por mim e estava determinada a fazer ainda mais. Afirmou, contudo, que, para dar livre curso aos desígnios que urdia a meu favor, eu devia desposá-la, pois não queria ser amada por mim como mãe, mas como amante; que não duvidava que eu receberia sua proposta com gratidão e me alegraria em aceitá-la; que, portanto, só me restava entregar-me ao prazer que deveria me proporcionar a certeza de possuir fada tão poderosa; que ela me protegeria de todos os perigos e me daria uma vida repleta de sortilégios e coroada de glória.

Aquela proposta me deixou confuso. Ainda criança, no meu país, eu percebera que, entre as pessoas casadas, as mais felizes eram as que compartilhavam idade e temperamento, ao passo que davam pena os cônjuges que haviam se unido contra a vontade e descoberto diferenças irreconciliáveis.

A fada, velha, feia e arrogante, não augurava o destino aprazível que me prometia. Eu estava longe de sentir por ela o que se deve sentir por uma pessoa com quem se pretende passar agradavelmente a vida. Além do mais, não queria me comprometer em tão tenra idade. Só tinha um anseio: rever a Rainha e assumir o comando de seus exércitos. Aspirava à liberdade, era a única coisa capaz de me reconfortar, e a única que ela me recusava.

Mais de uma vez supliquei que me autorizasse a compartilhar os perigos que eu sabia que a Rainha enfrentava para cuidar de meus interesses. Minhas súplicas eram vãs. Intimado a responder à espantosa declaração que ela me fazia, fiquei embaraçado e lembrei-a do que ela me dissera várias vezes: eu não estava autorizado a dispor de mim sem as ordens de minha mãe e em sua ausência.

– É exatamente como penso – ela respondeu –, eu não queria mesmo que agisse de outra forma: reporte-se à Rainha.

Antes eu lhe dissera, bela princesa, que não consegui obter dessa fada autorização para ir ao encontro da Rainha minha mãe. Mas o desejo que ela agora tinha de obter seu consentimento, com o qual contava, obrigou-a a me conceder, sem que eu tivesse de pedir, o que sempre me recusara. Impôs, contudo, uma condição que não me agradou: acompanhar-me. Fiz de tudo para dissuadi-la disso, mas foi impossível e partimos com uma numerosa escolta.

Chegamos na véspera de um momento decisiva. A Rainha deixara as coisas tão bem encaminhadas que não tinha dúvida de que no dia seguinte seria decidida a sorte do inimigo, cujos recursos estariam esgotados ao perder aquela batalha. Minha presença, que suscitara uma onda de alegria no acampamento, só fez aumentar a coragem das tropas, que viram minha chegada como um bom augúrio. A Rainha achou que ia morrer de alegria. Porém, após essa primeira efusão, o prazer deu lugar a uma grande preocupação. Enquanto eu exultava na doce esperança de conquistar a glória, a Rainha tremia diante do perigo ao qual iria me expor. Extremosa a ponto de querer me desviar dele, pediu, em nome de todo o seu afeto, que eu me poupasse na medida em que a honra o permitisse. Suplicou à fada que não me abandonasse naquela ocasião. Suas solicitações não eram necessárias: a suscetível Inteligência estava tão apreensiva quanto a Rainha, pois não dominava nenhum tipo de sortilégio que me preservasse das vicissitudes da guerra. Em todo caso, ensinando-me num passe de mágica a arte de comandar um exército, e a prudência requerida para tarefa tão grandiosa, ela fez muito. Os chefes mais experientes se surpreenderam comigo. Dominamos a batalha, a vitória foi completa. Tive a felicidade de salvar a vida da Rainha e impedir que ela fosse feita prisioneira de guerra. Os inimigos foram perseguidos com tamanha fúria que debandaram do acampamento, perdendo suas armas e mais de três quartos de seu exército, ao passo que não sofrêramos senão escassas baixas.

Um ligeiro ferimento que recebi foi o único feito de que o inimigo podia se gabar. Esse incidente, contudo, fez a Rainha temer que, caso a guerra se estendesse, alguma coisa mais grave pudesse me acontecer e, apesar da oposição de todo o exército, cujo brio minha presença redobrara, firmou a paz inclusive em termos mais vantajosos para os vencidos do que estes ousariam esperar.

Pouco tempo depois, retornamos à capital, com uma entrada triunfal. As atribulações com a guerra e a assídua presença de minha velha adoradora me haviam impedido de informar à Rainha a respeito dos fatos ocorridos. Ficou, portanto, completamente pasma quando a megera lhe comunicou que estava decidida a me desposar o mais breve possível. Essa declaração foi feita neste mesmo palácio, na época não tão magnífico como hoje. Era a residência de férias do finado rei, que não podia pensar numa reforma com as mil ocupações que já tinha. Minha mãe, apegada à sua memória, escolheu o lugar para repousar das fadigas da guerra.

Ao ouvir a declaração da fada, incapaz de reprimir seu primeiro impulso e desconhecendo a arte de fingir, a Rainha exclamou:

– Pense, senhora, no trato absurdo que está me propondo!

É verdade que era impossível outro mais ridículo. Além da velhice quase decrépita da fada, ela dava medo de tão feia. Não haviam sido os anos que a tinham enfeado, pois se tivesse tido beleza na juventude, poderia tê-la conservado com sua arte; era feia naturalmente. Como seu poder só lhe permitia ser bela artificialmente um dia por ano, transcorrido esse dia ela recuperava o aspecto original.

A fada reagiu com espanto à resposta da Rainha. Não só o seu amor-próprio a impedia de julgar-se feia, como ela esperava que seus poderes compensassem sua falta de graça.

–"Trato absurdo"? Pense na imprudência de evocar aquilo que luto para esquecer. Regozije-se por ter um filho suficientemente adorável para que tal mérito me faça preferi-lo aos mais poderosos gênios de todos os elementos e, uma vez que me rebaixo até ele, receba com respeito a honra que tenho a bondade de lhe fazer, antes que eu me arrependa.

A Rainha, tão autoritária quanto a fada, nunca imaginara que houvesse um escalão acima do trono e fez pouco-caso da pretensa honra que lhe era oferecida. Sempre no topo da hierarquia, a última coisa que desejava na vida era ter uma nora a quem tivesse de curvar-se. Portanto, em vez de responder, permaneceu imóvel, limitando-se a manter os olhos cravados em mim. Tão surpreso quanto ela, fitei-a da mesma forma, e não foi difícil a fada perceber que o nosso silêncio exprimia sentimentos diametralmente opostos à alegria que ela queria nos incutir.

– O que significa esta cena? – ela perguntou rispidamente. – Por que mãe e filho não dizem nada? Essa deliciosa surpresa lhes cortou a língua ou seriam tão cegos e temerários a ponto de não aceitarem minha proposta? Fale, Príncipe – ela voltou-se para mim –, será ingrato e imprudente o bastante para desprezar minha bondade? Não consente desde agora em me dar sua mão?

– Asseguro-lhe que não – respondi, afogueado. – Embora sinta sincera gratidão pelo que fez por mim, não posso aceitar pagar minha dívida nessa moeda, e, com a permissão da Rainha, não desejo perder minha liberdade tão cedo. Dê-me outro meio qualquer de retribuir suas bondades, não haverá impossível para mim. Mas, quanto ao que me propõe, dispense-me, por obséquio, de fazê-lo, pois...

– Como ousa resistir a mim, criatura tacanha! – ela interrompeu, furiosa. – E a senhora, estúpida Rainha, que assiste a essa impertinência sem demonstrar qualquer indignação! O que digo? Sem indignação... É a senhora mesma quem o autoriza, uma vez que foi em seus olhares insolentes que ele hauriu a audácia de sua resposta.

A Rainha, já fula com os termos vis de que a fada se servira, não se conteve mais e, por acaso dirigindo os olhos para o espelho diante do qual estávamos enquanto essa malvada fada ainda a atormentava, falou:

– O que posso lhe dizer – replicou – que a senhora mesma já não suponha? Faça-me a gentileza de considerar sem preconceito o que esse espelho lhe mostra, ele responderá por mim.

A fada compreendeu facilmente o que a Rainha queria dizer.

– Então é a beleza desse precioso filho que a deixa tão cheia de si – ela disse – e me expõe a uma recusa humilhante. Pareço-lhe indigna dele. Pois bem – prosseguiu, elevando a voz num tom furioso –, após empenhar todos os esforços em torná-lo tão encantador, falta-me coroar a obra e dar a ambos um motivo, inédito e bombástico, para se lembrarem do que devem a mim. Suma da minha vista, infeliz! – ela me disse. – Vanglorie-se de me haver recusado seu coração e sua mão e faça esse sacrifício àquela que achar mais digna do que eu.

Dizendo essas palavras, minha terrível pretendente me golpeou na cabeça. Foi um golpe tão forte que desmoronei no chão, como que soterrado por uma montanha.

Enfurecido com aquele insulto, quis me levantar, mas foi impossível: eu pesava tanto que não conseguia. O máximo que pude fazer foi me apoiar nas mãos, transformadas de uma hora para outra em patas horrendas, cuja visão me fez perceber minha mudança. Foi assim que você me conheceu. Voltei prontamente meus olhos para o fatal espelho e não tive mais como duvidar de minha cruel e súbita metamorfose.

Meu desespero me deixou paralisado. A Rainha, diante do trágico espetáculo, ficou transtornada. Para consumar sua barbárie, a furiosa fada me disse, num tom irônico:

– Vá fazer conquistas mais ilustres e dignas de sua pessoa do que uma augusta fada. E, visto que a formosura dispensa a inteligência, ordeno que finja ser tão estúpido quanto medonho, e para que recupere sua forma original ordeno que espere, sob tal aparência, que uma bela moça venha procurá-lo voluntariamente, mesmo persuadida de que você deve devorá-la. Ela também deve, após descobrir que sua vida não corre mais perigo, se apaixonar por você a ponto de lhe propor casamento. Até você encontrar essa pessoa rara, quero que seja um objeto de horror para si próprio e para todos aqueles que o virem... Quanto à senhora, venturosa mãe de tão adorável rapaz – disse, voltando-se para a Rainha –, advirto-a de que, se revelar a alguém que esse monstro é seu filho, ele nunca mais voltará à sua forma original. Nem o interesse, nem a ambição, nem os encantos de sua conversa podem ser usados a seu favor. Adeus, não se impaciente, não irá esperar muito tempo. Essa belezura não vai demorar a encontrar um remédio para os seus males.

– Ah, cruel! – exclamou a Rainha. – Se minha recusa a ofendeu, vingue-se em mim. Arrebate a minha vida, mas não destrua sua obra, eu suplico...

– Quem diria, grande princesa? – replicou a fada sarcasticamente. – Não se rebaixe tanto assim. Não sou bela o bastante para que me dirija a palavra, mas sou inflexível em minhas vontades. Adeus, poderosa Rainha, adeus, belo Príncipe, não é justo cansá-los com a minha odiosa presença. Retiro-me, mas ainda me resta a caridade de adverti-lo – disse voltando-se para o meu lado – de que deve esquecer quem é. Caso se deixe adular por reverências frívolas ou títulos pomposos, estará irremediavelmente perdido, e mais ainda se ousar fazer uso de sua inteligência para se mostrar simpático.

Após essas palavras ela desapareceu, deixando-nos, à Rainha e a mim, num estado indescritível e inimaginável. Os ais são o consolo dos infelizes; para nós era um alívio muito fraco. Minha mãe decidiu apunhalar-se e eu, atirarme num canal dos arredores. Íamos ambos, sem comunicar um ao outro as respectivas decisões, consumar aquele funesto desígnio, quando uma dama de porte majestoso, cujo semblante inspirava profundo respeito, apareceu e nos fez ver que é covardia curvar-se ao infortúnio e que o tempo e a coragem vencem qualquer obstáculo. Mas a Rainha, inconsolável, chorando copiosas lágrimas e não sabendo como anunciar aos súditos que o seu soberano transformara-se numa Fera medonha, entregou-se ao desespero. A Fada (pois era uma, e a mesma que você viu aqui), ciente de sua dor e de sua desdita, lembrou-a do juramento que ela fizera de esconder do povo aquela horrível desventura. Aconselhou-a então a não se desesperar e procurar um remédio para seus males.

– Existe alguém – exclamou a Rainha – com poder suficiente para impedir que a vontade de uma fada seja feita?

– Sim – respondeu a Fada –, há remédio para tudo. Sou uma fada, como aquela cuja fúria a senhora acaba de experimentar, meus poderes são tão fortes quanto os dela. Verdade que não posso reparar agora o mal que ela lhes causou, pois não somos autorizadas a nos opor diretamente à vontade de uma igual. A fada responsável pelo seu infortúnio é mais velha do que eu, e entre nós, fadas, a idade é um atributo respeitável. Porém, como ela terminou estabelecendo uma condição para o sortilégio ser desfeito, contem comigo para ajudá-los. É certamente um bruxedo difícil de desmanchar, mas não me parece impossível.

Vejamos o que posso fazer por vocês aplicando todos os recursos da minha arte.

Puxou então um livro do vestido e, após dar alguns passos misteriosos, sentou-se a uma mesa e leu-o durante certo tempo, com uma concentração que a fazia suar. Em seguida, fechou-o e entrou num transe profundo. Seu semblante era tão grave que por um momento nos fez acreditar que minha desgraça era irreparável. Contudo, de volta daquele êxtase, ela afirmou que tinha um remédio para os nossos males.

– Será lento – ela me disse –, mas eficiente. Guardem seu segredo, que ele não vaze e que ninguém saiba que você está escondido sob esse horrível disfarce, pois nesse caso me tirariam o poder de libertá-lo. Sua inimiga espera que você o divulgue, por isso não lhe confiscou o uso da palavra.

A Rainha achou aquela condição impossível, uma vez que duas aias suas tinham presenciado a fatal transformação e saído assustadíssimas, o que decerto despertara a curiosidade dos guardas e cortesãos. Imaginava que àquela altura toda a sua corte estava a par e que em breve o seu reino e todo o Universo também estariam. Mas a Fada conhecia uma fórmula para impedir que o segredo vazasse. Fez então alguns passes, ora solenes, ora espasmódicos, juntando-lhes palavras incompreensíveis, e terminou por erguer a mão como quem detém o poder absoluto. Esse sortilégio, aliado às palavras que ela pronunciara, foi tão poderoso que todos os seres que respiravam no castelo imobilizaram-se e transformaram-se em estátuas. Continuam, aliás, nesse estado: são as figuras que você viu em diferentes lugares, nas mesmas poses em que o imperioso malefício da fada os surpreendeu.

A Rainha, que naquele momento tinha os olhos voltados para o grande pátio, constatou a metamorfose num número prodigioso de cortesãos. O silêncio repentino que sucedeu à agitação despertou no coração da Rainha compaixão pelos muitos inocentes que perdiam a vida por minha causa. Mas a Fada tranquilizou-a, afirmando que não deixaria seus súditos naquele estado. Era apenas uma precaução, mas indispensável, e ela prometeu que os recompensaria e que eles seriam ressarcidos pelo tempo que permanecessem sob aquela forma.

– Portanto, não se preocupe – disse a Fada à Rainha – e deixe-as aqui com o seu filho. Ele ficará em segurança, pois acabo de criar brumas tão espessas nos arredores deste castelo que será impossível atravessá-las, a não ser quando julgarmos conveniente. Vou escoltá-la até o lugar onde sua presença se faz necessária. Atenção aos movimentos efetuados por seus inimigos. Não se esqueça de divulgar que a fada que criou seu filho reteve-o junto a si, bem como todo o seu séquito, com vistas a importantes objetivos.

Minha mãe, obrigada a me deixar, não conseguia represar as lágrimas. A Fada, contudo, reafirmou que estaria sempre ao meu lado, dizendo-lhe que bastava eu desejar alguma coisa para vê-la realizada. Acrescentou que, se não cometêssemos nenhuma imprudência, um dia meus infortúnios teriam fim. Tampouco essas promessas foram capazes de consolar minha mãe. Seu desejo era permanecer ao meu lado e delegar à Fada, ou a quem ela julgasse mais digno, a tarefa de governar seu reino; mas as fadas, inflexíveis, exigem obediência. Minha mãe, temendo que uma recusa aumentasse meus infortúnios e me privasse do socorro daquela Inteligência benfazeja, aceitou tudo que lhe foi exigido. Viu então um belo coche se aproximar, puxado pelos mesmos cervos brancos que a trouxeram aqui hoje. A Fada fez a Rainha sentar-se ao seu lado. Mal teve tempo de me beijar, pois não só tinha outros assuntos urgentes a tratar, como sabia que se ficasse mais tempo poderia me prejudicar. Viu-se conduzida a uma velocidade estonteante até o acampamento de seu exército. Ninguém se admirou de vê-la chegar naquela equipagem. Todos a julgavam na companhia da velha fada, uma vez que aquela que a acompanhava não se deu a ver e partiu imediatamente. Foi para vir a este palácio, que ela num instante embelezou com tudo que sua arte e imaginação puderam lhe fornecer.

A prestativa fada me permitiu acrescentar o que fosse do meu gosto e, após fazer por mim tudo que podia, despediu-se, exortando-me a ter coragem e prometendo vir de vez em quando me animar com boas notícias.

Eu me julgava sozinho, mas era apenas impressão: serviam-me como se eu estivesse em minha corte e minhas ocupações eram praticamente as mesmas que você teria mais tarde. Lia, ia ao teatro, cultivava um jardim que plantara para me entreter e achava prazer em tudo que empreendia. O que eu semeava não levava mais de um dia para alcançar a perfeição – como a roseira, a que devo a felicidade de tê-la aqui.

Minha benfeitora vinha me visitar com frequência e promessas e sua presença suavizavam meu penar. Por seu intermédio, a Rainha recebia notícias minhas e eu, dela. Um dia, a Fada chegou radiante de alegria. Disse:

– Querido Príncipe, o momento de sua felicidade se aproxima.

Contou-me então que o homem a quem você julgava seu pai passara uma noite muito desconfortável na floresta. Explicou-me em poucas palavras o assunto que o fizera viajar, sem me revelar a verdade sobre o seu nascimento, querida princesa. Avisou-me que o bom homem viria buscar abrigo contra as adversidades que enfrentara nas últimas vinte e quatro horas.

– Tomarei todas as providências para que ele seja devidamente recebido – ela disse. – Ele tem uma filha encantadora, pretendo que seja ela que o liberte. Atentei para as condições que minha cruel colega impôs para desencantá-lo. É uma sorte ela não ter ordenado que sua salvadora venha aqui por amor. Ao contrário, ela decretou que a moça deveria temer nada menos que a morte e até mesmo sacrificar-se voluntariamente. Concebi um estratagema para que ela aja desse modo. Consiste em fazê-la acreditar que a vida de seu pai corre perigo e que ela não tem outro meio de salvá-lo. Eu sei que, para não causar despesas ao velho, ela lhe pediu apenas uma rosa, e as irmãs o atormentaram com encomendas extravagantes. Na primeira oportunidade que tiver, ele atenderá ao pedido da moça. Esconda-se atrás da roseira e, atacando-o assim que ele começar a colher as rosas, ameace-o de morte por tal audácia, a menos que ele lhe entregue uma das filhas, ou melhor, que ela se entregue voluntariamente, de acordo com a prescrição de nossa inimiga. Esse homem tem outras cinco filhas, além da que lhe destino. Nenhuma delas é suficientemente generosa para sacrificar a vida pela do pai. Só Bela é capaz de tamanho desprendimento.

Executei fielmente as ordens da Fada. O que aconteceu depois, bela princesa, você já sabe. O homem, para salvar a vida, me prometeu o que lhe pedi. Vi-o partir sem acreditar que ele voltaria com você. Não tinha qualquer esperança de ver meu desejo atendido. Como sofri durante todo aquele mês! Meu único desejo era que chegasse ao fim para eu ter certeza do meu infortúnio. Não conseguia imaginar que uma jovem bela e adorável tivesse coragem de vir ao encontro de um monstro, principalmente com a certeza de que seria sua vítima. Quando se sentisse suficientemente segura, ela teria que permanecer comigo, não lhe sendo sequer permitido arrepender-se de sua iniciativa, o que me parecia um obstáculo insuperável. Além disso, como ela poderia suportar minha presença sem morrer de pavor?

Eu arrastava minha mísera existência às voltas com essas tristes reflexões, e nunca fui tão digno de pena. O mês finalmente terminou e minha protetora me anunciou que você chegava. Deve lembrar-se da pompa com que foi recepcionada. Não ousando demonstrar minha alegria com palavras, o fiz apelando à magnificência. A Fada, sempre zelando por mim, proibiu que eu me desse a conhecer: apesar de todo o terror que eu pudesse lhe inspirar, e de toda a bondade de que você me desse provas, não me era permitido tentar conquistá-la nem manifestar-lhe meu amor e revelar quem eu era. Só me restava entrincheirar-me numa generosidade exacerbada, pois por sorte a fada má se esquecera de me proibir isso.

Apesar de achar aquelas normas rigorosas demais, tive de aceitá-las e, para não revelar o que ia no meu coração, decidi só me apresentar a você poucos momentos por dia e fugir das conversas mais extensas. Você chegou, encantadora princesa e, tão logo a vi, produziu-se em mim um efeito diametralmente oposto àquele que minha figura decerto lhe causava. Vê-la e amá-la instantaneamente foram a mesma coisa para mim. Ao entrar em seus aposentos, trêmulo, rejubilei-me ao ver que você tolerava minha presença com ar mais destemido do que eu próprio o fazia. Que prazer senti quando declarou que aceitava permanecer aqui comigo! Iludido por um amor-próprio que me atormentava de maneira atroz, cheguei a achar que você não me considerava tão hediondo quanto antecipara.

Seu pai partiu satisfeito. Minha aflição, porém, redobrava quando pensava que só uma extravagância de sua parte poderia fazê-la sentir-se atraída por mim. Entretanto, seu comportamento, suas palavras, tão sensatas quanto modestas, tudo me atestava que você só agia segundo princípios ditados pela razão e a virtude. Ora, isso matava minha esperança de um venturoso impulso de sua parte. Angustiava-me não poder empregar em nossas conversas outros termos senão os que a Fada me ditara, expressamente toscos e pueris.

Em vão argumentei que não era natural que você aceitasse a proposta de dividir o leito comigo. Sua resposta era sempre: "Paciência, perseverança, ou tudo estará perdido." Para compensar minha conversação rudimentar, ela me assegurou que iria lhe proporcionar todo tipo de prazeres e, a mim, a dádiva de vê-la assiduamente, sem a assustar e sem ser obrigado a lhe dizer impertinências. Ela me tornou invisível e tive a satisfação de vê-la servida por espíritos igualmente invisíveis, ou que se mostravam a você sob a forma de diversos animais.

Mais que isso, à noite, ao guiar seus sonhos, a Fada a fazia ver minha aparência verdadeira e, de dia, meus retratos cumpriam essa função. Ela também me permitia lhe falar, em sonho, o que eu realmente pensava e como eu mesmo lhe teria falado. Você soube confusamente do meu segredo e de minhas esperanças, que ela a estimulava a realizar, e por meio de um espelho mágico eu era testemunha de suas conversas e via nelas tudo que você imaginava dizer ou tudo que você pensava. Essa situação não bastava para me fazer feliz – isso eu não era senão em sonho, pois meus infortúnios eram reais. O profundo amor que você me inspirara obrigava-me a lamentar a coerção sob a qual eu vivia. Mas minha tristeza só fez aumentar quando percebi que aqueles belos aposentos não a seduziam mais. Suas lágrimas faziam meu coração sangrar e podiam destruir-me. Você me perguntou se eu estava sozinho aqui e por muito pouco não abandonei minha fingida estupidez e lhe jurei que sim em termos que a teriam surpreendido e feito suspeitar que eu não era tão rude como aparentava.

Eu estava prestes a me revelar quando a Fada, invisível aos seus olhos, surgiu à minha frente. Com um ar ameaçador, que me assustou, ela arranjou um meio de me calar. De que meio, ó céus, ela se serviu para me impor silêncio! Aproximou-se de você com um punhal e me indicou que a primeira palavra que eu pronunciasse lhe custaria a vida. Fiquei tão apavorado que recuperei naturalmente a estupidez que ela me ordenara simular.

Meu martírio ainda não terminara. Você manifestou vontade de visitar seu pai, permiti sem titubear. Podia recusar-lhe alguma coisa? Mas vi sua partida como um golpe fatal e, sem as atenções da Fada, teria sucumbido. Durante sua ausência, essa generosa Inteligência não me abandonou. Impediu que eu me destruísse, o que faria, descrente de sua volta. O tempo que você tinha passado neste palácio tornava minha situação ainda mais insuportável do que antes, uma vez que eu me julgava o mais infeliz dos homens, sem esperanças de poder lhe revelar isso.

Minha ocupação mais prazerosa era visitar seus recantos preferidos, mas meu sofrimento redobrava ao não encontrá-la. As noites e as horas em que eu tinha a chance de conversar consigo por um momento aumentavam minha aflição e eram ainda mais cruéis para mim. Aqueles dois meses, os mais longos de minha vida, finalmente terminaram e você não voltou. Foi quando minha aflição chegou ao máximo e o poder da Fada foi demasiado fraco para evitar que eu caísse no desespero. As precauções que ela tomou para me impedir de atentar contra minha vida foram inúteis. Eu tinha um meio seguro para isso, que estava além do seu poder: parar de me alimentar. Com a força de sua arte, ela ainda foi capaz de me amparar durante certo tempo, contudo, após esgotar todos os seus feitiços, fui ficando cada vez mais fraco. Ah, finalmente! Só me restavam poucos instantes de vida, quando você veio me arrancar da morte.

Suas preciosas lágrimas, mais eficazes que todos os filtros dos gênios disfarçados que me serviam, agarraram minha alma prestes a voar. Sua aflição me mostrou que eu era amado, e isso me levou a uma felicidade perfeita, que chegou ao auge quando você me aceitou como esposo. Entretanto, eu ainda não tinha autorização para lhe revelar meu segredo, e a Fera, sem ousar lhe apresentar o Príncipe, foi obrigada a dividir o leito consigo. Tão logo me deitei ao seu lado, minha impaciência cessou. Como você viu, caí numa letargia da qual só vim a sair com a chegada da Fada e da Rainha. Ao despertar, estava como me vê agora, incapaz de dizer como se deu essa transformação.

Você foi testemunha do resto, mas só pôde julgar debilmente a dor que me causava a teimosia de minha mãe, que se opunha a união tão justa e gloriosa para mim. Eu já estava resolvido a voltar a ser Fera, preferindo isso a perder a esperança de ser o esposo de jovem tão virtuosa e encantadora. Mesmo com o segredo da sua origem permanecendo para sempre um mistério para mim, a gratidão e o amor nem por isso teriam deixado de me sussurrar que, possuindo-a, eu era o mais afortunado dos homens!

Terceira parte

O príncipe terminou seu relato e Bela ia lhe responder, quando sua fala foi abafada pelo som de vozes estrepitosas e instrumentos marciais, que não obstante não sugeriram nada de sinistro. Os dois puseram a cabeça para fora da janela, e a Fada e a Rainha, de volta de seu passeio, fizeram o mesmo.

Todo aquele fragor anunciava a chegada de um homem, que pelo aparato que o cercava era um rei. Da escolta que o acompanhava, e de sua própria pessoa, emanava um ar de majestade que não desmentia a magnificência de seu séquito. Esse imponente monarca, embora não estivesse mais em seus verdes anos, mostrava que tivera poucos à sua altura na primavera de sua vida. Era seguido por doze guardas e por alguns cortesãos em trajes de caça, que pareciam tão admirados quanto seu senhor ao se verem num castelo desconhecido. Foram-lhes prestadas as mesmas honras que teriam recebido em seus próprios domínios, e tudo por criaturas invisíveis, pois ouviam-se gritos de alegria e fanfarras e não se via ninguém.

A Fada, ao vê-lo entrar, disse à Rainha:

– Este é o Rei seu irmão e pai de Bela, o qual ignora o prazer que terá de encontrá-las aqui. Ficará ainda mais satisfeito na medida em que, como a senhora sabe, ele pensa que a filha morreu há muito tempo. Ainda sente falta dela, bem como da esposa, de quem conserva uma doce recordação.

Tais palavras só fizeram aumentar a impaciência da Rainha e da jovem princesa em saudar o monarca. Chegaram ao pátio no exato momento em que ele apeava de sua montaria. Sem as reconhecer, e sem desconfiar que fossem se apresentar à sua pessoa, não sabia que tratamento lhes dar, nem que termos empregar, quando Bela, atirando-se aos seus joelhos, enlaçou-os, chamando-o de pai.

O monarca ergueu-a e, abraçando-a carinhosamente, pareceu não compreender por que ela o chamava daquela forma. Supôs tratar-se de uma princesa órfã e oprimida que vinha lhe implorar proteção e só usava termos afetuosos para obter o que pedia. Preparava-se para lhe dizer que faria tudo que estivesse ao seu alcance quando reconheceu a Rainha, sua irmã, que, abraçando-o por sua vez, apresentou-lhe seu filho. Ela então lhe relatou parte da dívida que tinham com Bela e não lhe escondeu a pavorosa aventura que acabava de terminar.

O Rei enalteceu a jovem princesa e quis saber seu nome, quando, interrompendo-o, a Fada lhe perguntou se era preciso dizer o nome de seus pais, ou se ele já não conhecera alguém cuja espantosa semelhança com ela bastasse para descobrir por si só...

– A julgar pelos seus traços – ele respondeu, olhando-a fixamente e sem conseguir reprimir algumas lágrimas –, o parentesco que ela me atribuiu me é legitimamente devido; contudo, apesar desses indícios e da emoção que sinto ao vê-la, não ouso me gabar de que seja minha filha, cuja morte chorei após terem me apresentado provas irrefutáveis de que fora devorada por feras selvagens. Por outro lado – continuou, considerando-a novamente –, ela assemelha-se espantosamente à terna e incomparável esposa que a morte me arrebatou. Como seria doce rever o fruto de um matrimônio abençoado, cujos elos foram rompidos!

– Sua Majestade está no seu direito – replicou a Fada –, Bela é sua filha. As circunstâncias de seu nascimento não são mais segredo aqui. A Rainha e o Príncipe sabem quem ela é. Convoquei Sua Majestade unicamente para dar a notícia; mas este não é um lugar apropriado para narrar essa aventura em detalhe: entremos no palácio, ali o senhor repousará um pouco e, em seguida, contarei o que deseja saber. Após a alegria de reencontrar uma filha tão bela e virtuosa, tenho outra novidade para Sua Majestade, à qual não se mostrará menos sensível.

O Rei, acompanhado da filha e do Príncipe, foi conduzido pelos pajens-macacos aos aposentos que a Fada lhe destinara.

Nesse ínterim, a Inteligência autorizou as estátuas a falarem do que haviam testemunhado. Como seu destino despertara a compaixão da Rainha, a Fada quis que fosse por mãos dela que sentissem a doçura de rever a luz. Entregou-lhe sua varinha e ensinou-a a descrever com ela sete círculos no ar e articular naturalmente:

– Voltem à vida, seu rei está salvo.

Todas aquelas figuras inertes então se moveram e começaram a andar e agir como antes, não se lembrando senão confusamente do que lhes havia acontecido.

Após essa cerimônia, a Fada e a Rainha retornaram para junto do Rei, a quem encontraram conversando com Bela e o Príncipe. Acarinhava-os alternadamente, sobretudo a filha, a quem perguntou inúmeras vezes como escapara dos animais ferozes que a tinham levado, esquecendo-se de que ela já lhe respondera que não fazia ideia e ignorava inclusive a verdade a respeito de seu nascimento. O Príncipe, por sua vez, falava sem ser ouvido, repetindo incansavelmente os favores que devia à princesa Bela. Queria inteirar o monarca da promessa que a Fada fizera de lhe dar sua mão e pedir que ele não recusasse seu ilustre consentimento àquela aliança. Essa entrevista e os afagos foram interrompidos pela chegada da Rainha e da Fada. O Rei transbordava de felicidade por reencontrar a filha, mas ainda ignorava a quem devia aquela bênção.

– A mim – esclareceu a Fada –, e só eu posso lhe explicar a trama. Não limito minha generosidade a esse relato, tenho outras boas-novas a anunciar. Assim, grande Rei, pode assinalar este dia como um dos mais venturosos de sua vida.

Os demais, sabendo que a Fada se preparava para falar, fizeram um silêncio respeitoso, demonstrando todo o seu interesse. Correspondendo à expectativa, eis a história que ela contou ao Rei:

– Bela e o Príncipe talvez sejam os únicos aqui que desconhecem as leis da Ilha Bem-Aventurada. É a eles que vou explicá-las. É facultado a todos os habitantes dessa ilha, inclusive ao Rei, consultarem apenas seu coração quanto à pessoa que cada um deve desposar, a fim de que nada se oponha à sua felicidade. Foi em virtude desse privilégio que

Sua Majestade elegeu uma jovem pastora, a quem conheceu durante uma caçada. Seus encantos e sua sabedoria o fizeram julgá-la digna dessa honra.

"Outra qualquer, até mesmo senhoritas da alta nobreza, teria aceitado com alegria e sofreguidão o título de sua amante, mas a virtude dessa pastora a fez desdenhar tal oferta. Sua Majestade elevou-a ao trono e colocou-a numa posição que sua origem modesta jamais permitiria almejar, mas que ela merecia pela nobreza de seu caráter e a pureza de sua alma.

"Decerto o senhor se lembra de que sempre teve motivos para se alegrar com sua escolha. A graça, simpatia e ternura que ela sentia pelo senhor igualavam os encantos de sua pessoa. Mas Sua Majestade não teve muito tempo para desfrutar de sua companhia. Após tê-lo feito pai de Bela, o senhor viu-se obrigado a uma viagem às fronteiras do reino, a fim de conter um movimento revoltoso. Nesse intervalo, perdeu sua querida esposa, o que o atingiu imensamente, pois, à ternura que seus encantos haviam lhe inspirado aliava-se a mais perfeita estima por suas raras qualidades. Apesar de sua juventude e da educação rudimentar que a origem lhe proporcionara, Sua Majestade a julgou dotada de um grande discernimento, e seus mais hábeis cortesãos ficaram admirados com os sábios conselhos que ela lhe dava e os expedientes que usava para fazê-lo triunfar em todos os seus planos."

Ao ouvir esse relato, o Rei – que ainda não vencera sua dor e para quem a morte dessa digna esposa continuava presente – não escondeu sua emoção, e a Fada, notando que suas palavras o comoviam, disse-lhe:

– Sua sensibilidade é uma prova de que merece essa felicidade. Não quero insistir numa recordação que decerto o entristece, mas é meu dever comunicar-lhe que aquela pastora era uma fada, e minha irmã. Informada de que a Ilha Bem-Aventurada era um país encantador, conhecendo suas leis e a brandura de seu governo, ela teve vontade de visitá-la. Usou como disfarce, para desfrutar um pouco da vida no campo, um simples traje de pastora. Foi quando a conheceu. Sua graça e juventude o tocaram. Ela quis saber se Sua Majestade possuía tantos encantos no espírito quanto ela via em sua pessoa. Ela confiava na condição e nos poderes de fada, que a protegeriam, se ela julgasse oportuno, de seus assédios, supondo que estes beirassem a inconveniência, e na eventualidade de o disfarce que ela usava fazê-lo presumir que o senhor poderia faltar-lhe com o respeito sem maiores consequências. Não temia em absoluto os sentimentos que Sua Majestade podia lhe inspirar e, persuadida de que a virtude bastava para protegê-la das armadilhas do amor, atribuía o que sentira pelo senhor à simples curiosidade de saber se ainda havia na Terra homens capazes de amar a virtude desprovida dos ornamentos fúteis que a tornam mais brilhante e respeitável ao vulgo do que o seu mérito intrínseco, e cujas seduções funestas induzem frequentemente a dar seu nome aos vícios mais abomináveis.

"Cultivando tal ilusão, em vez de hospedar-se em nossa estalagem comunitária, como era seu plano inicial, preferiu alojar-se numa pequena cabana que mandara construir na solidão em que a encontrou, na companhia de uma figura espectral, que representava sua mãe. As duas pareciam viver do produto de um pretenso rebanho que não temia os lobos, não passando, na verdade, de gênios disfarçados. Foi nesse local que suas atenções se voltaram para ela – e produziram todo o efeito que o senhor podia desejar. Faltaram forças a ela para recusar a coroa que lhe ofereceu... Sua Majestade sabe agora a dívida que tinha com ela enquanto julgava ser ela quem lhe devia, equívoco que o satisfazia.

"O que lhe conto agora é uma prova irrefutável de que a ambição não influiu no consentimento que ela dava a seus desejos. O senhor não ignora que consideramos os maiores reinos como presentes que distribuímos a quem bem nos apraz. Mas ela apreciou seu nobre gesto e, julgando-se feliz por se unir a homem tão virtuoso, sem refletir sobre o abismo em que iria se precipitar, firmou esse compromisso. Pois nossas leis proíbem expressamente toda aliança com aqueles que não dispõem dos mesmos poderes que nós, sobretudo antes de atingirmos certa idade, que nos dá o privilégio de ter autoridade sobre as outras e de gozar igualmente do direito de presidir.

"Antes disso, permanecemos subordinadas às nossas veteranas e, para que não abusemos de nossos poderes, só temos autorização para agir em benefício de uma Inteligência, ou de um sábio, cujo conhecimento seja pelo menos equivalente ao nosso. É verdade que, após esse período, temos liberdade para firmar a aliança que desejarmos, mas é raro usarmos esse direito, e quando isso acontece é sempre um escândalo na Ordem, que só raramente recebe tal afronta. As que fazem isso são em geral anciãs, que pagam caro por tal extravagância, pois se unem a rapazes que as desprezam e, embora não sejam diretamente punidas, o são de forma indireta pelos maus modos de seus esposos, de quem não têm permissão para se vingar.

"Esta é a única pena que lhes impomos. Os dissabores que costumam suceder as loucuras que elas cometeram as dissuadem de revelar nossos grandes segredos aos profanos, de quem esperavam respeito e atenções. Minha irmã não se encaixava em nenhum dos dois modelos. Dotada de todas as qualidades propícias a se fazer amada, ainda não alcançara a idade requerida. Mesmo assim, consultou apenas o seu coração e se aventurou a conservar sua união em sigilo, no que teve êxito durante certo tempo. Raramente investigamos o que fazem as fadas ausentes. Cada uma cuida dos seus assuntos e nos espalhamos pelo mundo para fazer o bem ou o mal segundo nossas inclinações, sem qualquer obrigação de prestar contas de nossas ações em nosso retorno, a menos que tenhamos nos comportado de maneira escandalosa ou que uma fada benevolente, com pena de algum infeliz injustamente perseguido, preste queixa. Em suma, é preciso acontecer alguma coisa incomum para podermos consultar o Livro Geral, no qual nossas ações são gravadas quando se desenrolam. Afora isso, temos a obrigação de comparecer à Assembleia Geral três vezes por ano e, como viajamos muito rapidamente, a sessão não costuma durar mais de duas horas.

"Minha irmã tinha a obrigação de 'esclarecer o trono' (é como chamamos essa tarefa) quando necessário. Nessas ocasiões, ela preparava para Sua Majestade uma caçada num local distante ou uma viagem recreativa e, depois que o senhor partia, fingia sentir algum mal-estar a fim de poder trancar-se sozinha em seu gabinete, alegando precisar escrever ou repousar. Ninguém descobriu, nem em seu palácio, nem entre nós, o que ela tinha tanto interesse em esconder. Isso não foi mistério para mim. As consequências eram perigosas, apontei-as para ela. Mas ela o amava demais para se arrepender do passo que dera. Planejou, inclusive, justificar-se aos meus olhos, exigindo que eu o visse.

"Sem adulação, Majestade, confesso que, se por um lado seu aspecto me fez aprovar inteiramente a fraqueza de minha irmã, por outro aumentou o zelo com que eu tentava escondê-la. A infração permaneceu oculta ao longo de dois anos, mas finalmente foi descoberta. É nosso dever distribuir certo número de dádivas a todo o Universo, das quais temos que prestar contas em seguida; quando chegou a vez de minha irmã se pronunciar, ela insinuou que limitara suas boas ações ao perímetro da Ilha Bem-Aventurada.

"Essa atitude foi criticada por um grupo de fadas mal-humoradas, o que fez com que nossa rainha indagasse a razão de minha irmã ter limitado seu espírito benfeitor àquela ínfima parte da Terra, uma vez que não havia como ignorar que uma jovem fada tinha o dever de viajar muito para revelar ao Universo nosso poder e nossa vontade.

"Como essa lei não era nova, ela não tinha motivos para reclamar nem pretexto para se recusar a obedecer. Prometeu comportar-se. Contudo, a impaciência de revê-lo, o medo de que sua ausência fosse notada no palácio e a impossibilidade de agir secretamente no trono não lhe permitiram afastar-se o tempo suficiente e suficientes vezes para cumprir esse dever, e, na Assembleia seguinte, ela mal pôde provar que estivera quinze minutos ausente da Ilha Bem-Aventurada.

"Irritadíssima, nossa rainha, a fim de impedi-la de continuar a violar as leis, ameaçou destruir aquela ilha. Isso deixou minha irmã de tal forma transtornada que até a menos clarividente das fadas percebeu o quanto aquela ilha fatal importava para ela. Aquela agitação fez com que a fada má que transformou o Príncipe aqui presente num monstro desconfiasse que, abrindo o Grande Livro, nele encontraria um motivo grave que a autorizaria a abrir seu baú de maldades.

"– É aqui – exclamou ela – que a verdade será descoberta e que iremos saber efetivamente como ela se comportou!

"Dizendo essas palavras, leu para o plenário, em voz alta e clara, tudo que acontecera nos últimos dois anos. As fadas, que fizeram um escândalo ao saberem daquela aliança degenerada, dirigiram as críticas mais cruéis à minha triste irmã, que foi rebaixada em nossa Ordem e condenada a permanecer cativa conosco. Se a pena por tal erro consistisse apenas na primeira sentença, ela teria se consolado; mas a segunda pena, mais terrível que a primeira, fez com que ela sentisse todo o rigor do castigo. A perda de status não a incomodava, mas, amando-o profundamente, ela pediu, com lágrimas nos olhos, que nos limitássemos a rebaixá-la sem privá-la da doçura de viver como uma simples mortal junto com seu esposo e sua querida filha.

"Suas lágrimas e súplicas tocaram o coração das veteranas mais novas e, pelo murmúrio que se fez, notei que, se os votos fossem dados naquele instante, minha irmã se livraria com uma simples admoestação. Mas uma das fadas mais velhas, cuja grande decrepitude lhe conferiu a alcunha de Mãe dos Tempos, não deu chance à nossa rainha de deliberar e admitir que a piedade se apoderara de seu coração, assim como do coração das demais.

"– Esse crime não deve ser tolerado –, exclamou com uma voz ranheta a detestável velha. – Se não houver punição, estaremos diariamente expostas às mesmas afrontas. Isso atenta contra a honra de nossa Ordem. Essa miserável, ligada à Terra, não lastima a perda de um status que a elevava acima dos reis cem vezes mais do que estes se elevam acima de seus súditos. Tem o desplante de declarar que sua afeição, seus temores e seus desejos vão todos para sua indigna família. É através dessa família que devemos puni-la. Que seu esposo sofra por ela. Que sua filha, fruto abjeto de seus amores covardes, se case com um monstro para fazê-la expiar a inconsequência de uma mãe que teve a fraqueza de se deixar seduzir pela beleza frágil e desprezível de seu pai.

"Esse discurso cruel reavivou a severidade de muitas fadas que se inclinavam pela clemência. Como o pequeno número das que haviam se compadecido não era suficiente para se opor ao veredito final, este foi executado com todo o rigor, e mesmo nossa rainha, cuja fisionomia antes deixava transparecer compaixão, recobrando seu ar grave ratificou o parecer da intragável anciã, por maioria de votos. Em contrapartida, minha irmã, que lutava pela revogação de sentença tão cruel, a fim de comover os juízes e justificar sua união fez uma descrição tão encantadora de Sua Majestade que inflamou o coração da fada que cuidava do Príncipe (a que tinha aberto o Livro), mas esse amor nascente só serviu para redobrar o ódio que essa injusta já sentia por sua pobre esposa.

"Incapaz de resistir à curiosidade que tinha de conhecer Sua Majestade, ela ocultou sua paixão alegando querer saber se o senhor merecia que uma fada tivesse feito o sacrifício que minha irmã fizera. Tendo obtido autorização da Assembleia para assumir a tutela do Príncipe, ela não teria ousado abandoná-lo se o engenhoso Cupido não a houvesse inspirado a colocar um gênio protetor e duas fadas subalternas e invisíveis para cuidar dele em sua ausência. Após essa precaução, nada mais a impedia de satisfazer seus desejos, que a conduziram à Ilha Bem-Aventurada.

"Enquanto isso, as aias e os lacaios da rainha prisioneira, estranhando o fato de ela não sair de seu gabinete secreto, alarmaram-se. As ordens expressas que ela lhes dera para não incomodá-la impediram-nos de baterem à sua porta durante a noite, mas quando a impaciência venceu todos os escrúpulos bateram com veemência e, como ninguém respondeu, arrombaram-na, certos de que havia acontecido algum acidente. Embora esperassem pelo pior, nem assim deixaram de se consternar por não a encontrar. Chamaram-na, procuraram em vão. Nenhuma explicação veio aliviar o desespero causado por sua ausência. Mil hipóteses surgiram, uma mais absurda que a outra. Não passava pela cabeça de ninguém tratar-se de uma evasão voluntária. Ela era todo-poderosa em seu reino, o poder soberano que Sua Majestade lhe delegara não era contestado por ninguém. Todos lhe obedeciam com alegria. A ternura que o senhor e ela tinham um pelo outro, a que ela dedicava à filha e aos súditos, que a adoravam, não autorizavam acusá-la da própria fuga. Aonde teria ido para ser mais feliz? Aliás, que homem teria ousado raptar uma rainha da proteção de seus guardas e do âmago de seu palácio? Teria sido fácil seguir o rastro de tais raptores.

"A tragédia era indubitável, embora as circunstâncias seguissem desconhecidas. Havia outra a temer. Era, Majestade, a maneira como o senhor receberia tal notícia. A inocência dos responsáveis pela pessoa da rainha não os tranquilizava quanto às consequências de sua justa ira. Havia duas saídas: ou fugirem de seus estados e, com tal fuga, declararem-se culpados de um crime que não haviam cometido, ou descobrirem um meio de ocultar-lhe essa tragédia.

"Após longa deliberação, a solução que encontraram foi persuadi-lo de que ela morrera. O que foi feito prontamente. Despacharam um emissário para informá-lo que ela caíra doente. A fim de que seu amor não o fizesse acorrer pressuroso, um segundo emissário partiu poucas horas depois, levando-lhe a notícia de sua morte. A presença de Sua Majestade teria inviabilizado todas as medidas de segurança geral que haviam sido tomadas. As exéquias foram à altura de sua afeição, da posição da rainha e do pesar de um povo pelo qual ela era adorada e que a chorava tão sinceramente quanto o senhor.

"Esse cruel incidente permaneceu um segredo para o senhor, embora não houvesse ninguém na Ilha Bem-Aventurada que o ignorasse. O choque inicial tornara público todo o penoso episódio. Sua dor com essa perda foi proporcional à sua afeição, e o senhor não encontrou alívio para ela senão chamando a princesa sua filha para junto de si. Os inocentes carinhos dessa criança foram todo o seu consolo. Sua Majestade não quis mais estar longe dela. Ela era encantadora e lhe oferecia incessantemente o retrato vivo da rainha. A fada inimiga, que fora a primeira causa de toda a desordem ao abrir o Grande Livro pelo qual descobrira o casamento de minha irmã, não veio visitá-lo sem pagar o preço por essa curiosidade: vê-lo produziu nela o mesmo efeito que produzira no coração de sua esposa, Majestade, e tal experiência, em vez de levá-la a desculpar minha irmã, a fez ansiar ardentemente por repetir o mesmo erro. Invisível para o senhor, ela não conseguia deixá-lo. Vendo-o inconsolável, não tinha esperança de obter êxito em seus amores e, temendo juntar a vergonha de seu desprezo à inutilidade de seus próprios desígnios, não ousava se revelar. Por outro lado, julgando ser necessário mostrar-se, imaginou que, agindo com habilidade, o senhor se acostumaria à presença dela e que, com o tempo, poderia vir a amá-la. Mas era preciso conquistá-lo, e tanto pensou num truque para se apresentar com decência que terminou por encontrá-lo.

"Uma rainha de um país vizinho fora expulsa de seus estados por um usurpador, assassino de seu marido. Essa infeliz monarca corria o mundo à cata de um local onde se asilar, e de um vingador. A fada inimiga raptou-a e, deixando-a em segurança, enfeitiçou-a e assumiu seu aspecto. Sua Majestade viu essa fada disfarçada atirar-se a seus pés e implorar proteção, para punir, dizia ela, o assassino de um esposo cuja morte ela chorava tanto quanto o senhor a da rainha. Declarando que o amor conjugal era seu único motivo, afirmou abrir mão da coroa, que cedia àquele que vingasse seu saudoso marido.

"Os infelizes sentem pena de seus pares. Sua Majestade encarnou aquela dor, ainda mais porque ela chorava um esposo querido e, misturando as lágrimas dela às suas, aludia incessantemente à rainha. O senhor lhe concedeu proteção e não demorou a restabelecer a autoridade dela em seu pretenso reino, punindo, como ela parecia desejar, os rebeldes e o usurpador. Apesar disso, ela não quis retornar nem o deixar. Suplicou, para a própria segurança, que Sua Majestade governasse o reino em nome dela, se tivesse suficiente generosidade para aceitá-lo como um presente, e que lhe permitisse viver em sua corte. O senhor não pôde recusar-lhe esta última graça. A mulher lhe parecera necessária para educar sua filha – pois a hábil megera não ignorava que aquela criança era o único objeto de sua afeição. Fingia extrema ternura por ela, carregando-a constantemente no colo. Antecipando-se ao seu pedido, ela lhe solicitou fervorosamente encarregar-se da educação da menina, afirmando não desejar outros herdeiros exceto aquela filha querida, que seria sua, única criatura a quem amava na Terra, pois, dizia, trazia-lhe a recordação da filha que ela tivera com o esposo e que perecera com ele.

"Sua proposta lhe pareceu tão razoável que o senhor resolveu não só lhe entregar a princesa, como lhe delegar a autoridade sobre ela. Ela saiu-se muito bem na tarefa e, com seus talentos e afeição, conquistou sua inteira confiança, retribuída sob a forma de uma amizade fraterna. Isso não era suficiente para a mulher: todas as suas manobras visavam exclusivamente desposá-lo. Para ter êxito, não desdenhou nada. Porém, ainda que o senhor não tivesse sido esposo da mais bela das fadas, ela não era feita para lhe inspirar amor. A aparência que ela usurpara não se comparava àquela cujo lugar ela disputava. Era terrivelmente feia, e destinada a só ser bela um dia por ano.

"Essa constatação pouco lisonjeira a fez compreender que, para ser bem-sucedida, precisava recorrer a outros meios que não a beleza. Conspirou então secretamente para obrigar o povo e os nobres a assinarem uma petição solicitando que Sua Majestade se casasse novamente, e que fosse ela a escolhida. No entanto, determinadas palavras ambíguas que ela proferira para incentivá-lo nesse sentido lhe revelaram a origem dos persistentes e importunos clamores. O senhor declarou expressamente que não queria nem sequer ouvir falar em dar uma madrasta para sua filha, tampouco rebaixar a menina, subordinando-a a uma rainha que lhe arrebataria o primeiro posto de seus domínios, na esperança bem-fundada de uma sucessão no trono. Sua Majestade comunicou igualmente à falsa monarca que gostaria que ela retornasse ao seu país sem escândalo e sem delonga. Além disso, prometeu, quando ela reassumisse o próprio trono, prestar todos os favores que ela poderia esperar de um amigo fiel e de um vizinho generoso. Ao mesmo tempo, não lhe escondeu que, se não tomasse tal partido voluntariamente, ela corria o risco de ser forçada a isso.

"O obstáculo intransponível que Sua Majestade opunha àquele amor deixou-a possessa. Mesmo assim, ela simulou uma indiferença tão cínica que conseguiu persuadi-lo de que aquela tentativa era fruto de sua ambição e do receio de que mais tarde o senhor conquistasse seus domínios. Preferiu que acreditasse em suas más intenções a revelar seus verdadeiros sentimentos, apesar da ânsia com que tentara fazê-lo aceitá-los.

"Sua cólera, apesar de dissimulada, nem por isso era menos intensa. Não duvidando de que fosse Bela – mais imperiosa no coração de Sua Majestade do que a política – a causa de sua renúncia à possibilidade de aumentar seu império de maneira tão gloriosa, a fada má desenvolveu pela princesa um ódio tão feroz como o que cultivava contra sua esposa e tomou a decisão de se desvencilhar dela, certa de que, se ela morresse, seus súditos, voltando a pressionar Sua Majestade, o induziriam a um novo casamento a fim de deixar um sucessor... A megera não estava em idade de concebê-los, mas não lhe custava nada trapacear. A rainha cuja semelhança ela assumira era suficientemente jovem para ter ainda muitos filhos, sua fealdade não sendo um obstáculo a um matrimônio real e político.

"Apesar de sua declaração oficial anterior, todos julgavam que, em caso de falecimento de sua filha, Sua Majestade cederia às insistentes demandas de seu Conselho. Ninguém mais duvidava de que sua escolha recairia sobre a fingida rainha, o que atraiu inúmeros parasitas para o círculo dela. Assim, com a ajuda de um desses aduladores, cuja mulher possuía a alma tão vil como a dele e que era tão malvada quanto ele, resolveu se livrar de Bela. Após designar essa mulher para ser governanta da princesinha, eles combinaram esganá-la e depois declarar que ela morrera subitamente. Para maior segurança, contudo, planejaram cometer o crime numa floresta das redondezas, a fim de que ninguém os surpreendesse naquela bárbara execução. Esperavam que ninguém soubesse de nada, que não pudessem censurá-los por não terem pedido socorro antes que ela expirasse, tendo como desculpa legítima o fato de estarem muito longe. O marido da governanta se propunha a ir buscar ajuda tão logo ela morresse e, para que não suspeitassem de nada, devia fingir surpresa por encontrá-la já agonizando quando retornasse ao local onde teria deixado aquela doce vítima de seu furor. Chegou inclusive a ensaiar a dor e o espanto que pretendia simular.

"Minha infeliz irmã, quando se vira destituída de seus poderes e condenada aos rigores de um cruel cativeiro, pedira que eu o consolasse e zelasse pela segurança de sua filha. O laço que nos une e a piedade que ela me despertava teriam bastado para assegurar-lhe minha proteção, e seu pedido não aumentou nem diminuiu o zelo com que realizei esses anseios.

"Sempre que possível, na medida em que a prudência me permitia e sem correr o risco de despertar suspeitas em nossa inimiga (que me teria denunciado como uma fada cuja afeição fraterna prevalecia sobre a honra da Ordem e que protegia uma raça culpada), eu vinha visitá-lo. Nada poupei para convencer todas as fadas de que eu abandonara minha irmã à sua desafortunada sorte, esperando assim ter mais chances de ser-lhe útil. Atenta a todas as investidas de sua pérfida adoradora, grande Rei, tanto pessoalmente como por intermédio de gênios a mim subordinados, suas pavorosas intenções não me escaparam. Eu não tinha como me opor abertamente a ela, e, embora fosse fácil aniquilar aqueles em cujas mãos ela abandonara o pequeno ser, a prudência me refreava. Se eu optasse por raptar sua filha, a fada perversa a teria tomado de volta, sem que me fosse permitido defendê-la. Vigora entre nós uma lei que nos obriga a ter mil anos de experiência, ou então já ter sido serpente alguma vez na vida, antes de entrar em conflito com nossas veteranas.

"Os perigos inerentes a esta última condição nos fizeram denominar essa transformação Ato Terrível. Não há uma entre nós que não trema só de pensar nessa possibilidade. Hesitamos muito antes de tomar tal decisão, e, sem um motivo urgente, de ódio, amor ou vingança, poucas são as que não preferem esperar a idade de serem veteranas a adquirir tal privilégio mediante esse perigoso feitiço, a que a maioria sucumbe. Eu estava nesse caso. Faltavam dez anos para eu completar mil anos, e eu não tinha outro recurso senão esse artifício. Empreguei-o com sucesso.

"Adotei a forma de uma ursa monstruosa e me escondi na floresta destinada àquele odioso assassinato. Quando os miseráveis vieram executar o bárbaro comando que haviam recebido, atirei-me sobre a mulher, que, com a menina no colo, já avançava a mão sobre seu pescocinho. Seu pavor foi tão grande que a obrigou a largar seu precioso fardo. Mesmo assim, não conseguiu escapar e o horror que sua crueldade me inspirava me instilou a ferocidade do animal cuja forma eu assumira. Estrangulei-a, assim como o traidor que a acompanhava, e levei Bela comigo, não sem antes tirar suas roupinhas e embebê-las no sangue de seus inimigos. Após tomar a precaução de rasgá-las em vários lugares, espalhei-as pela floresta a fim de que ninguém supusesse que a princesa escapara e, vibrando com o meu triunfo, retirei-me.

"A fada má julgou alcançado seu objetivo. A morte dos dois cúmplices constituía uma grande vantagem para ela, pois agora não só o segredo era exclusivamente seu, como eu lhes dera o mesmo destino com que ela planejara recompensá-los por seus sórdidos serviços. Outra circunstância que também jogou a seu favor é que alguns pastores que assistiram de longe àquele tumulto correram para chamar socorro, o qual chegou a tempo de encontrar os infames expirando, o que evitava que Sua Majestade suspeitasse de qualquer participação dela.

"Essas mesmas circunstâncias também contribuíram para o meu plano, convencendo tanto o povo quanto a fada má. O fato lhe pareceu tão natural que ela não duvidou um segundo, sequer se dignando a usar seu poder para se certificar. Sua convicção me tranquilizou. Eu não teria vencido se ela intentasse recuperar a pequena Bela, pois, além das razões que a levavam a ser minha veterana, e que já vos expliquei, ela se beneficiava da vantagem de ter recebido aquela criança de suas mãos; Sua Majestade havia lhe delegado sua autoridade, a qual só o senhor poderia reaver; e, a menos que retirasse Bela pessoalmente de suas mãos, nada seria capaz de restringir seu poder sobre a princesinha até que a menina se casasse.

"Livre dessa preocupação, fui assaltada por outra, ao lembrar que a Mãe dos Tempos condenara minha sobrinha a se casar com um monstro. Mas ela ainda não tinha três anos, e, por meio do estudo, eu esperava descobrir algum sortilégio para que aquela maldição não se realizasse ao pé da letra e eu a pudesse transformar num equívoco. Como eu tinha todo o tempo do mundo para pensar nisso, me preocupei exclusivamente em encontrar um lugar onde pudesse deixar meu valioso tesouro em segurança.

"O sigilo era imprescindível para mim. Não ousei lhe dar um castelo nem lhe proporcionar nenhuma de nossas magnificências: nossa inimiga teria percebido e desconfiado, o que traria consequências funestas. Preferi vestir uma roupa modesta e entregá-la ao primeiro plebeu que eu julgasse um homem de bem e me desse a certeza de lhe propiciar as comodidades da vida.

"Não demorou muito para o acaso agir a meu favor. Encontrei o que me convinha perfeitamente. Foi uma casinha, numa aldeia, cuja porta estava aberta. Entrei no que me pareceu a morada de um camponês de certas posses. Vi três camponesas dormindo junto a um berço, que imaginei ser o de um bebê. O berço não tinha nada da simplicidade do resto do cômodo. Tudo nele era suntuoso. Intuí que aquela criaturinha estava doente e que o sono em que suas guardiãs estavam mergulhadas provinha do cansaço da vigília. Aproximei-me discretamente com o objetivo de lhe dar alívio e já previa a alegria da surpresa que aquelas mulheres teriam ao despertar e encontrar sua doente curada, sem saber a que atribuí-lo. Fiz menção de tirar a criança do berço para lhe insuflar vida, mas minha boa intenção foi inútil: ela expirou no instante em que a toquei.

"Aquela morte naquele momento me deu a ideia de colocar minha sobrinha no lugar do bebê, se a boa sorte quisesse que fosse menina – o que, ainda bem, se confirmou. Feliz com esse acaso, fiz a troca num piscar de olhos e levei comigo a defuntinha, que enterrei. Voltei em seguida à casa, onde fiz barulho na porta a fim de acordar as três dorminhocas.

"Disse-lhes, num dialeto inventado, que era forasteira, pedindo-lhes um leito para passar a noite. Elas aquiesceram de boa vontade e foram olhar a criança, a quem encontraram dormindo serenamente e com aparência de perfeita saúde. Ficaram alegres e surpresas diante disso, pois ignoravam o logro de que tinham sido vítimas.

"Contaram-me então que aquela garotinha era filha de um rico comerciante; que uma delas era sua ama de leite; que, após amamentá-la, ela a devolvera a seus pais, mas que a criança caíra doente; que seu pai a mandara de volta para o campo na esperança de que o ar puro lhe fizesse bem. Acrescentaram, olhando a pequena com um ar satisfeito, que a tentativa dera certo e que funcionara melhor do que todos os remédios que haviam usado antes de a devolverem às mãos do comerciante. Resolveram contar o prodígio ao pai dela tão logo o dia raiasse, para não adiar a satisfação que o velho teria com a notícia, pela qual esperavam receber uma gorda recompensa, pois ele tinha uma afeição enorme por aquela filha, embora fosse a caçula de sua prole de doze.

"Ao raiar do dia, elas partiram; quanto a mim, fingi seguir meu caminho, congratulando-me por ter agido com habilidade e acomodado tão bem minha sobrinha. Para aumentar ainda mais sua segurança, e induzir o suposto pai a se afeiçoar à garotinha, assumi o aspecto de uma dessas mulheres que dizem a sorte e, postando-me à porta do comerciante quando as amas de leite a trouxeram de volta, entrei junto com elas. Ele as recebeu com alegria e, tomando a menina nos braços, deixou-se levar pelas ilusões do amor paterno, acreditando que os sobressaltos de seu coração eram feitos misteriosos da natureza ante a visão de uma filha sua, quando na verdade eram apenas fruto de sua disposição amável. Aproveitei esse momento para intensificar o afeto que ele julgava sentir.

"– Olhe por essa pequena, sinhozinho – eu lhe disse, na linguagem vulgar das pessoas cujo tipo de roupa eu vestia. – Ela honrará sua família, o fará rico e lhe salvará a vida, e a de todos os seus filhos. Ela será tão bela, tão bela, que assim será chamada por todos os que a virem.

"Como recompensa pela minha profecia, ele me deu uma moeda de ouro e me retirei dando-me por satisfeita.

Nada mais me obrigava a continuar a residir com a raça de Adão. Sem outras urgências, retornei ao nosso império, onde decidi ficar um tempo. Lá estive tranquilamente consolando minha irmã, dando-lhe notícias de sua querida filha e certificando-lhe que, longe de havê-la esquecido, Sua Majestade permanecia fiel à memória dela, assim como o fora para com a pessoa.

"Eis, grande Rei, qual era nossa situação quando de seu sofrimento com o recente infortúnio que o privara de sua filha e renovava as dores que lhe causara a perda de sua mãe. Embora não pudesse acusar formalmente por esse acidente aquela a quem havia confiado a criança, Sua Majestade não conseguiu, de todo modo, deixar de olhá-la atravessado, afinal ela não podia justificar sua negligência, que o acontecimento tornara criminosa.

"Depois que as primeiras manifestações de sua aflição amainaram, ela se iludiu, vaidosa, que não haveria mais obstáculo capaz de impedi-la de desposá-lo e mandou emissários renovarem a proposta. Sua mortificação foi extrema quando o senhor declarou que não só não mudara de opinião, como, se porventura isso tivesse acontecido, não teria sido em benefício dela. A tal declaração Sua Majestade juntou uma ordem urgente para que ela deixasse prontamente o reino. Sua presença fazia-o lembrar de sua filha e reavivava as dores, eis o pretexto de que se serviu:

mas seu principal motivo era pôr fim às conspirações que ela armava continuamente para alcançar seu objetivo.

"Ela ficou furiosa, mas não teve outro jeito senão obedecer, e sem poder se vingar. Eu havia recrutado uma de nossas veteranas para protegê-lo. Seu poder era considerável, pois à experiência ela aliava a vantagem de ter sido quatro vezes serpente. O perigo extremo desse processo traz, em iguais medidas, honras e um aumento de poder. Essa veterana, em consideração a mim, encarregou-se de protegê-lo e neutralizou completamente sua pretendente.

"Esse contratempo beneficiou a rainha cujas feições a fada má assumira. A fada rompeu seu sono mágico e, escondendo-lhe o uso criminoso que fizera de seu aspecto, mostrou-lhe apenas o lado bom de suas ações. Não se esqueceu de valorizar seus sucessos e as contrariedades que lhe poupara, dando-lhe os melhores conselhos para que no futuro ela se conservasse tal como era. Foi então que, para contrabalançar a indiferença de Sua Majestade, a fada má voltou para junto do jovem príncipe e deu continuidade à sua educação. Adulou-o, amou-o e, não sendo correspondida, o fez sentir as terríveis consequências de sua fúria.

"Nesse ínterim, a idade requerida para eu me tornar uma veterana chegara imperceptivelmente e meu poder aumentara. Mas o desejo de servir a minha irmã e a Sua Majestade me fez pensar que aquilo ainda não era o bastante.

Minha sincera amizade cegando-me para o perigo do Ato Terrível, resolvi enfrentá-lo. Ousei e, quis a boa fortuna, triunfei, passando a ter poderes para agir abertamente em prol daqueles perseguidos por nossas colegas indignas. Se nem sempre consigo destruir por completo os 'bruxedos', muitas vezes sou capaz de suavizá-los com o meu poder e meus conselhos.

"Minha sobrinha pertencia ao grupo que eu não podia assistir plenamente. Não ousando revelar meu interesse por ela, pareceu-me mais vantajoso deixá-la viver como se fosse filha do comerciante. Sob diferentes formas, eu ia sempre visitá-la e voltava sempre satisfeita. Suas virtudes e beleza se harmonizavam com seu temperamento. Aos quatorze anos, demonstrara uma firmeza admirável durante os altos e baixos da fortuna do pai.

"Alegrei-me ao saber que os mais cruéis reveses não tinham sido capazes de alterar seu estado de espírito. Ao contrário: com seu bom humor e gentileza, ela conseguira serenar o coração do pai e dos irmãos, e eu me regozijava ao vê-la manifestar sentimentos dignos de sua origem. Esse meu sossego, porém, misturava-se à mais cruel amargura quando me ocorria que aqueles encantos estavam reservados a um monstro. Eu trabalhava, esforçava-me em vão dia e noite à procura de um meio de evitar-lhe tão grande infortúnio e me desesperava ao não atinar com nada.

"Tal inquietação não me impedia de fazer frequentes viagens para visitá-lo, grande Rei. Sua esposa, privada dessa liberdade, insistia para que eu o amparasse, e, a despeito da proteção da nossa veterana, seu coração alarmado sempre a persuadia de que os momentos em que eu o perdia de vista eram os últimos da vida de Sua Majestade, nos quais nossa inimiga o sacrificava à sua fúria. Esse tormento a deixava tão transtornada que ela mal me dava tempo de descansar. Quando eu vinha prestar conta de seu estado, ela me suplicava com tanta ansiedade para voltar que me era impossível recusar.

"Sensibilizada com sua aflição, e preferindo aplacá-la a me poupar do pesar que ela me causava, usei contra a nossa bárbara companheira as mesmas armas que ela usara contra nós e fui abrir o Grande Livro. Por sorte, foi no momento exato em que ela estava tendo a conversa com a Rainha e o Príncipe, a mesma que culminou na metamorfose do rapaz. Não perdi uma só palavra e meu júbilo foi extremo ao descobrir que, para executar sua vingança, sem saber ela neutralizava o malefício que a Mãe dos Tempos nos lançara ao condenar Bela a unir-se a um monstro. Para cúmulo da sorte, ela acrescentava a isso circunstâncias tão vantajosas que parecia estar agindo expressamente e na única intenção de me agradar, pois dava à filha de minha irmã uma chance de revelar-se digna de proceder do mais puro sangue das fadas.

"Um sinal, um gesto ínfimo, exprime entre nós mais do que um mortal levaria três dias para desfiar. Com um olhar de desdém, emiti uma única palavra; foi o suficiente para demonstrar à Assembleia que a sentença de nossa inimiga havia sido pronunciada por ela mesma ao decretar a prisão de minha irmã, dez anos antes. Na idade desta última, as fraquezas do amor são mais naturais do que no ocaso da existência de uma fada de primeira ordem. Falo dos golpes baixos e más ações que haviam acompanhado aquele amor antediluviano; ocorreu-me que, se tantas infâmias permanecessem impunes, teríamos motivos para afirmar que as fadas só estavam no mundo para desonrar a natureza e afligir o gênero humano. Apresentando-lhes o Livro, concluí meu ríspido pronunciamento com uma única palavra: *Vejam*. Nem por isso ela foi menos poderosa; além do mais, eu tinha amigas, jovens e veteranas, que trataram a velha apaixonada como ela merecia. Ela havia falhado em desposá-lo, e a isso acrescentamos a desonra de dar-lhe tratamento idêntico ao dispensado à rainha da Ilha Bem-Aventurada, minha irmã, rebaixando-a na Ordem.

"Essa Assembleia foi realizada enquanto a fada má estava com a senhora, Rainha, e seu filho. Assim que ela apareceu entre nós, comunicamos-lhe o resultado. Depois disso, fechando o Livro, desci precipitadamente das regiões médias dos ares, onde se situa nosso império, para lutar contra o efeito do desespero no qual a senhora estava prestes a mergulhar. A viagem não demorou mais do que o meu lacônico discurso e cheguei a tempo de lhe prometer meu socorro. Eu tinha mil razões para isso."

Dirigindo-se ao Príncipe, a Fada disse:

– Suas virtudes e infortúnios, as vantagens que eles proporcionavam a Bela, me faziam ver em você o monstro que me convinha. Só vocês pareciam dignos um do outro e eu não duvidava que, quando se conhecessem, seus corações se fariam justiça mútua.

E voltando-se para a Rainha:

– Sua Majestade sabe o que fiz desde então para alcançar isso e os meios pelos quais forcei Bela a se dirigir àquele palácio, onde a visão do Príncipe e o convívio com ele, do qual eu a fazia desfrutar em sonho, geraram o efeito que eu desejava. Os sonhos fizeram-na se apaixonar sem fraquejar em sua virtude e sem que essa paixão diminuísse o dever e a gratidão que a prendiam ao monstro. No fim, felizmente, levei todas as coisas à sua perfeição. Então prosseguiu:

– Sim, Príncipe, não tem mais nada a temer da parte de sua inimiga. Ela foi despojada do poder que possuía e nunca mais terá condições de prejudicá-lo com novos bruxedos. Você cumpriu exatamente as condições que ela impusera; caso contrário, elas subsistiriam a despeito da eterna degradação de sua algoz. Você despertou o amor sem o auxílio de sua inteligência e de sua origem; e você, Bela, está igualmente livre da maldição que a Mãe dos Tempos lhe lançou: aceitou tomar como esposo um monstro. Ela não tem mais nada a exigir, tudo agora aponta para a felicidade de vocês.

A Fada se calou, e o Rei, lançando-se a seus pés, replicou:

– Grande Fada, como eu poderia lhe agradecer por todas as dádivas com que agraciou minha família? A gratidão que sinto por suas mercês é infinitamente maior do que o meu poder de expressá-la. Contudo, augusta irmã – acrescentou –, justamente porque tem esse título me sinto incentivado a lhe pedir outros favores, e, apesar das dívidas que já tenho, não escondo que minha felicidade não será completa enquanto estiver privado da presença de minha querida rainha. O que ela fez e sofre por mim só faria aumentar meu amor e minha dor, se isso ainda fosse possível. Ah! Senhora – concluiu –, não poderia coroar o conjunto de suas dádivas trazendo-a de volta para mim?

Esse pedido era inútil. Se estivesse ao alcance da Fada prestar-lhe aquele serviço, ela não o faria esperar, mas ela não podia desfazer o que o Conselho das fadas ordenara. Como a jovem rainha estava prisioneira nas regiões médias dos ares, não havia qualquer chance de ele avistá-la. A Fada estava prestes a lhe explicar isso com delicadeza, exortando-o a esperar com paciência determinados acontecimentos imprevistos dos quais ela prometia tirar proveito, quando uma música arrebatadora reverberou e a interrompeu.

O Rei, sua filha, a Rainha e o Príncipe ficaram extasiados, mas a Fada teve outro tipo de surpresa. Aquela música indicava o triunfo de alguma fada. Não podia imaginar quem seria. Pensou tratar-se da fada velha ou da Mãe dos Tempos, que em sua ausência talvez houvessem obtido, uma, a liberdade, a outra, autorização para continuar a perseguir os amantes. Mergulhava nessa nova perplexidade quando teve a agradável surpresa de ver chegar sua irmã-fada, rainha da Ilha Bem-Aventurada, que apareceu num passe de mágica em meio àquele grupo encantador. Não estava menos bela do que na época em que o Rei, seu esposo, a perdera. O monarca, que a reconheceu, fazendo o respeito que lhe devia ceder ao amor que lhe conservara, beijou-a com uma efusão e uma alegria que surpreenderam a própria esposa.

A Fada não podia imaginar a que venturoso prodígio se devia a liberdade de sua irmã; mas esta lhe explicou que sua liberdade advinha exclusivamente de sua própria coragem, que a levara a oferecer a vida para salvar outra:

– Você sabe que, ao nascer, a filha de nossa rainha foi recebida na Ordem (mesmo não tendo sido concebida por um pai sublunar, e sim pelo sábio Amadabak, cuja aliança é uma honra para as fadas e que, graças à sua ciência sublime, é muito mais poderoso do que nós). Ainda assim, sua filha tinha o dever de se transformar em serpente ao fim de seus cem primeiros anos. Esse prazo fatal chegou, e nossa rainha, mãe tão carinhosa para essa querida criança, e tão preocupada com seu destino quanto uma criatura comum estaria, não foi capaz de expô-la aos riscos que podiam fazê-la perecer sob essa forma, e em sua primeira juventude; os infortúnios dos que sucumbiram a tal transformação tinham se tornado suficientemente corriqueiros para justificar seus temores.

"Como a dolorosa situação em que eu me encontrava não me permitia alimentar qualquer esperança de rever meu querido esposo e minha amada filha, insurgi-me contra uma vida que eu deveria passar longe deles e, sem hesitar, decidi me oferecer para rastejar no lugar da jovem fada. Vislumbrava com alegria um meio seguro, ágil e honrado de me livrar de todas as desgraças que me afligiam: fosse a morte, fosse uma liberdade gloriosa que, fazendo-me senhora do meu destino, me permitiria juntar-me ao meu esposo.

"Nossa rainha não hesitou em aceitar oferta tão lisonjeira ao amor materno, assim como eu não hesitara em fazê-la. Beijou-me cem vezes e prometeu restabelecer todos os meus privilégios e devolver-me a liberdade incondicional caso eu tivesse a bênção de escapar àquele perigo. Saí ilesa da primeira incursão e o fruto do meu sacrifício foi revertido para a jovem fada em cujo nome eu me expunha. O sucesso dessa primeira experiência me incentivou a repeti-la, e triunfei novamente. Tal façanha fez de mim uma veterana e, por conseguinte, livre. Aproveitei imediatamente essa liberdade e vim reencontrar minha família tão querida."

Isto dito, os afagos recomeçaram. Todos se abraçavam numa alegre confusão, praticamente sem se escutarem, sobretudo Bela, feliz de pertencer a família tão ilustre e de não precisar mais temer desonrar o Príncipe, seu primo, fazendo-o contrair uma aliança indigna para ele.

Contudo, mesmo não cabendo em si de felicidade, não se esqueceu do bom homem que antes ela julgara ser seu pai. Lembrou à fada sua tia a promessa de permitir que ele e seus filhos tivessem a honra de comparecer à festa de seu casamento com o Príncipe. Pleiteava isso, quando, da janela, ambas viram aparecer dezesseis indivíduos a cavalo, a maioria portando trompas de caça e parecendo assaz embaraçados. A desorganização do grupo mostrava claramente que haviam sido trazidos à força pelos cavalos. Bela os reconheceu sem dificuldade como os seis filhos do velho, suas irmãs e seus cinco noivos.

À exceção da Fada, todos se surpreenderam com aquela entrada brusca, inclusive os que chegavam, ao se verem transportados por seus indômitos cavalos, a uma velocidade vertiginosa, para um palácio desconhecido. Estavam todos na caçada quando os cavalos formaram um pelotão e desembestaram na direção do palácio, sem que fosse possível retê-los, apesar dos esforços.

Bela, esquecendo-se de sua atual posição, foi ao encontro deles para tranquilizá-los. Abraçou a todos amistosamente. O velho pai apareceu também, mas sem algazarra. Seu cavalo viera relinchar e arranhar sua porta. Ele não duvidou um instante de que o tivesse vindo buscar da parte de sua querida filha. Montou sem receio e, sabendo de antemão aonde o corcel o levava, não ficou nem um pouco surpreso ao se ver no pátio do palácio, que ele visitava pela terceira vez; agora, não tinha mais dúvidas, para o casamento da Bela e da Fera.

Assim que viu Bela, correu em sua direção de braços abertos, exaltando aquele momento e cumulando de bênçãos a generosa Fera, que autorizara seu retorno. Seu olhar percorreu todos os presentes, procurando-a, a fim de expressar-lhe sua humilima gratidão pelos mimos com que agraciava sua família, sobretudo sua caçula. Decepcionou-se ao não avistá-la e temeu que suas conjecturas não tivessem fundamento. A presença de seus filhos, entretanto, o inclinava a crer que pensara corretamente, pois eles não teriam sido atraídos para aquele palácio caso não se tratasse de uma festa solene, como deveria ser aquele casamento.

Enquanto refletia, o bom homem não deixara de estreitar Bela em seus braços carinhosamente, molhando seu rosto com as lágrimas que sua alegria o fazia derramar. Após dar um tempo para aquelas justas efusões, a Fada lhe disse:

– Basta, velho, não convém fazer tantos carinhos numa princesa. Já é hora de, parando de vê-la como pai, saber que esse título não lhe pertence. Agora deve reverenciá-la como sua soberana, pois ela é a princesa da Ilha Bem-Aventurada, filha do Rei e da rainha que tem diante de si e futura esposa desse príncipe. Eis a Rainha mãe do Príncipe, irmã do Rei. Sou uma fada, sua amiga e tia de Bela. Quanto ao Príncipe – acrescentou, percebendo que o bom homem não despregava os olhos dele –, o senhor o conhece mais do que supõe, embora seu aspecto não seja mais o de quando o conheceu: ele é a própria Fera.

Diante de notícias tão fabulosas, o pai e os irmãos exultaram. As irmãs, por sua vez, roendo-se de inveja, tentaram disfarçá-la sob o véu de uma simulada satisfação, mas não enganaram ninguém. Todos, entretanto, fingiram acreditar em sua sinceridade. Quanto aos seus noivos, cuja esperança de seduzir Bela lhes virara a cabeça e que só haviam reatado seus compromissos ao se verem rechaçados, não sabiam o que pensar.

O comerciante não reprimia as lágrimas, sem saber se eram pelo prazer de ver a felicidade de Bela ou pela dor de perder uma filha tão perfeita. Seus filhos partilhavam os mesmos sentimentos. Bela, profundamente tocada com o testemunho de tamanha afeição, suplicou àqueles de quem então dependia, assim como ao Príncipe, seu futuro esposo, que lhe autorizassem a reconhecer amor tão profundo. Seu pedido, revelando toda a bondade de seu coração, não caiu no vazio. Eles foram então cumulados de riquezas e, sob os bons auspícios do Rei, do Príncipe e da Rainha, Bela continuou a chamá-los afetuosamente de pai, irmãos e até mesmo irmãs, embora ela não ignorasse que estas últimas não tinham seu coração, do mesmo modo que não tinham seu sangue.

Quis, da mesma forma, que todos continuassem a chamá-la pelo nome que lhe davam quando se julgavam de sua família. O velho e os filhos ganharam cargos na corte de Bela e gozariam continuamente da alegria de viver em sua companhia, ocupando posições suficientemente ilustres para merecerem a consideração geral. Quanto aos noivos das irmãs, cuja paixão teria facilmente renascido se não constatassem sua inocuidade, ficaram muito felizes de se unir às filhas do velho e se casarem com criaturas para com as quais Bela demonstrava tanta bondade.

Como todos os que ela desejara presentes em seu casamento haviam chegado, este se realizou sem mais tardança. Durante a noite que sucedeu ao auspicioso dia, o Príncipe não foi alvo do bruxedo entorpecedor a que sucumbira na noite de núpcias da Fera. Os augustos festejos duraram dias e dias e só terminaram depois que a Fada, tia da jovem esposa, advertiu-os de que já era hora de abandonarem aquele belo refúgio e retornarem a seus domínios para se deixarem ver por seus súditos.

Era hora de lembrá-los de seus reinos e dos deveres indispensáveis que os chamavam. Maravilhados com aquele palácio, escravos do prazer de se amarem e de expressarem mutuamente esse amor, haviam se esquecido totalmente de suas responsabilidades como soberanos, assim como das tarefas que o trono pressupõe. Os recém-casados chegaram a sugerir à Fada abdicarem e consentirem que ela dispusesse de seus postos em favor de quem julgasse mais adequado. Mas a sábia Inteligência retrucou com veemência que era dever deles retomar a governança de seu povo, que conservava por eles um respeito inabalável.

Embora cedendo a tão justas admoestações, o Príncipe e Bela obtiveram permissão para visitar aquele palácio de vez em quando a fim de relaxarem das tensões inerentes às suas funções, e que ali fossem servidos pelos gênios invisíveis e os animais que lhes haviam feito companhia nos últimos anos. Usufruíram sempre que puderam dessa permissão. Sua presença parecia embelezar o local; todos acorriam para agradá-los. Os gênios aguardavam-nos com

Os augustos festejos duraram dias e dias.

impaciência e, recebendo-os com alegria, demonstravam de mil maneiras a satisfação que seu retorno lhes dava.

A Fada, cuja solicitude nada negligenciava, presenteou-os com um coche puxado por doze cervos brancos com galhadas e cascos de ouro iguais aos que ela própria possuía. A velocidade daqueles animais rivalizava com a do próprio pensamento e, com eles, era possível dar a volta ao mundo em duas horas sem precipitação. Dessa forma, o casal não perderia tempo com as viagens e poderia dedicar todos os instantes livres ao prazer. Serviam-se também dessa elegante carruagem para as frequentes visitas que faziam ao rei da Ilha Bem-Aventurada, que fora tão prodigiosamente rejuvenescido pelo retorno da rainha-fada que não ficava nada a dever em beleza e formosura ao Príncipe seu genro. Estava tão feliz como este, nem menos apaixonado, nem menos pródigo do que ele em dar testemunhos assíduos de seus sentimentos à sua esposa, a qual, por sua vez, correspondia-lhe com todo o amor que por tanto tempo fora a causa de seus infortúnios.

Ela foi recebida por seus súditos com manifestações de alegria tão intensas quanto o pesar que haviam sentido pela sua ausência. Amara-os sempre afetuosamente e, com seu poder, deu provas disso prodigalizando-lhes, pelos séculos dos séculos, todas as benesses que eles desejaram. Seus poderes, aliados à amizade da rainha das fadas, preservaram a vida, a saúde e a juventude do Rei seu esposo. Ambos cessaram de existir porque o homem não pode durar para sempre.

A rainha e a Fada, sua irmã, foram igualmente generosas com Bela, seu esposo, a Rainha sua sogra, o velho e a família dele, de maneira que nunca houve humanos tão longevos. Querendo transmiti-la à posteridade, a Rainha, mãe do Príncipe, não se esqueceu de mandar incluir essa história maravilhosa nos anais de seu império e nos da Ilha Bem-Aventurada. Cópias foram distribuídas por todo o Universo, a fim de que se falasse eternamente das prodigiosas aventuras da Bela e da Fera.

CRONOLOGIA

Vida e obra de Madame de Beaumont e Madame de Villeneuve

1685 | 28 nov: Nasce em Paris Gabrielle-Suzanne Barbot, de uma conhecida família protestante da comuna de La Rochelle.

1706: Casa-se com o militar de infantaria Jean-Baptiste de Gaalon de Barzay, senhor de Villeneuve, um aristocrata da cidade de Poitou, e passa a assinar Gabrielle-Suzanne Barbot de Villeneuve. O casal se estabelece na província de La Rochelle.

1711 | 26 abr: Nasce em Rouen Jeanne-Marie Leprince, filha mais velha do pintor e escultor Jean Baptiste Nicolas Leprince e de Barbe Plantart. | Madame de Villeneuve enfrenta profundas dificuldades financeiras após a morte do marido e muda-se para Paris, onde futuramente virá a se dedicar a escrever.

1725: Após a morte da mãe, Jeanne-Marie Leprince começa estudos preparatórios para ser freira e dá aulas para meninas mais jovens.

1734: Madame de Villeneuve publica seu primeiro livro, *Le Phoenix conjugal*, submetido ao crivo do dramaturgo Crébillon, censor literário de Luís XV. Gabrielle-Suzanne e Crébillon virão a se envolver, e a relação durará até o fim de sua vida.

1735: Sem mais interesse pela vida religiosa, Jeanne-Marie Leprince vai morar com o pai no nordeste da França. É contratada como preceptora, dama de companhia e professora de música da filha mais velha do duque da Lorena. Durante os dois anos de vida na Corte, conhecerá intelectuais como Voltaire e obras de diversas escritoras.

1740: Madame de Villeneuve publica o conto de fadas "A Bela e a Fera", na coletânea *La Jeune américaine*.

1743: Jeanne-Marie casa-se com Antoine Grimard de Beaumont, tornando-se então Madame de Beaumont.

1744: Madame de Villeneuve publica *Contes de cette année*. | Nasce a filha de Madame de Beaumont, Elisabeth.

1745: Madame de Villeneuve publica *Les Belles solitaires*. | Fim do casamento de Madame de Beaumont.

1748: Madame de Beaumont publica seu primeiro livro, *Le Triomphe de la vérité*, e muda-se para Londres, onde trabalhará como preceptora e se dedicará a seus livros, escrevendo ficção, não ficção e artigos, com especial ênfase no caráter pedagógico.

1750: Madame de Beaumont funda em Londres o periódico mensal *Le Nouveau Magasin Français*, reunindo textos literários e científicos com viés pedagógico, tratados de boas maneiras e princípios morais. Sucesso imediato, inclusive junto ao público adulto, a revista foi publicada até 1780, totalizando quarenta números.

1753: Madame de Villeneuve publica seu romance mais famoso, *La Jardinière de Vincennes*.

1754: Madame de Villeneuve publica *Le Juge prévenu*.

1755 | 29 dez: Aos 60 anos, Gabrielle-Suzanne Barbot de Villeneuve morre em Paris.

1756: Madame de Beaumont publica, no *Magasin des Enfants*, uma variante mais enxuta de *A Bela e a Fera*, que se tornaria a versão mais popular e consagrada do conto.

1757: Publicação póstuma de *Mèmoires de mesdemoiselles de Marsange*, de Madame de Villeneuve.

1760: Madame de Beaumont publica *Le Magasin de Adolescents*.

1762: Madame de Beaumont retorna com a filha para a França, onde abrirá um pensionato para meninas da elite e continuará se dedicando a escrever, agora também romances epistolares.

1768: Publicação póstuma de *Le Temps et la pacience*, de Madame de Villeneuve. | Madame de Beaumont publica *Le Magasin des Pauvres, Artisans, Domestiques, et Gens de la Campagne.*

1770: Madame de Beaumont muda-se para Avallon, na Borgonha, com a filha. Publica *Le Mentor moderne.*

1774: Publicação de *Contes moraux*, de Madame de Beaumont.

1776: *Nouveaux contes moraux*, de Madame de Beaumont, é publicado.

1779: Madame de Beaumont publica seu último livro, *La Dévotion eclairée.*

1780 | 8 set: Jeanne-Marie Leprince de Beaumont morre em Chavanod, aos 69 anos e com cerca de setenta obras publicadas.

1ª EDIÇÃO [2016] 7 reimpressões

ESTA OBRA FOI COMPOSTA POR MARI TABOADA
EM VENDETTA E AFFAIR E IMPRESSA EM OFSETE PELA
GEOGRÁFICA SOBRE PAPEL PÓLEN DA SUZANO S.A.
PARA A EDITORA SCHWARCZ EM ABRIL DE 2024

FSC
www.fsc.org
MISTO
Papel | Apoiando o manejo florestal responsável
FSC® C019498

A marca FSC® é a garantia de que a madeira utilizada na fabricação do papel deste livro provém de florestas que foram gerenciadas de maneira ambientalmente correta, socialmente justa e economicamente viável, além de outras fontes de origem controlada.